La memoria

669

Gian Carlo Fusco

# Mussolini e le donne

Con una nota di
Beppe Benvenuto

Sellerio editore
Palermo

2006 aprile seconda edizione

Fusco, Gian Carlo <1915-1984>

Mussolini e le donne / Gian Carlo Fusco ; con una nota di Beppe Benvenuto. - Palermo : Sellerio, 2006.
(La memoria ; 669)
ISBN 88-389-2094-X.
1. Sesso - Concezione fascista. I. Benvenuto, Beppe.
306.709450915 CDD-21

CIP - *Biblioteca centrale della Regione siciliana «Alberto Bombace»*

# Mussolini e le donne

*Ogni tanto, sfogliando il gran libro della storia, dal passato remoto a quello prossimo, s'incontrano stagioni politiche irriproducibili, irripetibili. In quanto, anziché essere improntate a una determinata ideologia, sono legate, esclusivamente, quasi «fisicamente», alla personalità di un primo attore. Di un «demiurgo» di passaggio. Un paio d'anni prima della sua morte, Charles De Gaulle fu intervistato dal redattore di un quotidiano inglese. Il giornalista, a un certo punto, gli domandò: «Secondo voi, generale, vi è qualche possibilità che il cosiddetto gaullismo vi sopravviva?». «Intendente dire se la politica gaullista è attuabile senza di me?». «Esattamente!». Il generale ci pensò un momento su, quindi, con un lieve sorriso, rispose: «Vi risulta che un cuoco sia mai riuscito a cucinare il coniglio in umido... senza coniglio?».*

*Se qualcuno avesse rivolto la stessa domanda a Mussolini, a proposito del fascismo, nel crepuscolo drammatico di Salò, il duce, agli sgoccioli di se stesso, se fosse stato in vena di sincerità, avrebbe risposto, più o meno, allo stesso modo. Giacché era perfettamente consapevole che il regime, dalla marcia su Roma al 25 luglio 1943, altro non era stato che una sua personale invenzione. Una specie di* happening *nazionale, ripetuto tutti i giorni, con escogitazioni sempre più faticose e barocche, per 7.600 giorni di seguito.*

*Mussolini fu un illusionista illuso. Nel 1922, quando la monarchia e la reazione, spaventate dal crescente tuono delle rivendicazioni sociali, gli permisero di accedere al potere, il suo labbro arricciato in un sorrisetto sornione rivelava intimi propositi di doppio gioco. «Ci siete cascati, furbacchioni! – egli pensava, inchinandosi al re. – Nella gran fretta di salvarvi dai rossi, vi siete buttati in braccio ai neri. Ma date tempo al tempo, e vedrete che i neri vi faranno, con tutta la vaselina necessaria, lo stesso servizio che i rossi vi volevano fare senza emollienti».*

*Ma si accorse, molto presto, di essere un vincitore vinto in partenza. E che era assurdo sperare di metterlo in saccoccia ai veri «padroni del vapore», col benevolo consenso dei medesimi. Quando, nel 1925, superata, coi sudori freddi, la bufera Matteotti, ebbe liquidato definitivamente ogni libertà democratica, fu ben conscio di avere esaurito il compito per il quale era stato «assunto». E capì che se non si fosse allineato, senza riserve mentali, al* carpe diem *di un capitalismo d'avventura e ai gretti interessi dinastici di un re d'Italia che non amava gli italiani, avrebbe rischiato, con un pretesto o con l'altro, il licenziamento in tronco.*

*Di fronte a questa scomoda eventualità, baciò il bastone che un tempo i suoi squadristi avevano impugnato con tanta tracotanza. Cominciò a portare nella tasca interna della giacca, come usbergo celeste, uno zucchetto di Benedetto* XV. *Dimenticando di essersi proclamato «l'ateo n. 1» del* *socialismo italiano. Lui che in piazza San Mercuriale, a Cesena, nel 1910, aveva gridato: «Noi siamo antimonarchici! La monarchia è un istituto vecchio. La sua formula è una menzogna! La volontà della nazione c'entra ancora meno della grazia di Dio!», si appese al collo, sorridente e disinvolto, il Collare dell'Annunziata, diventando «cugino» del re. Si riconfermò «uomo della provvidenza» firmando i Patti Lateranensi. Volle una figlia perlomeno contessa. Se un cavallo non era bianco, non ci montava. Si piantò nel fez un asprì alto due palmi. Obbligò gli italiani a sposarsi e a fare un sacco di figli, ideando la «tassa sul celibato» e la «campagna demografica». Dopo il tripudio del «decennale», avvertendo un momento di stanca e tenendo d'occhio l'*escalation *nazista, inventò l'Impero. Sfidò, virilmente, le «inique sanzioni». Convinse gli italiani che le vere matrimoniali e le catenine della prima comunione bastavano a darci l'oro che ci mancava. E che l'Italia «fascista» poteva infischiarsene, allegramente, del rame americano, belga ed inglese, giacché il nostro fabbisogno era garantito dalle batterie di cucina della nonna.*

*Mussolini lo sapeva benissimo, ch'erano tutte balle. Ma faceva in modo che il duce non lo venisse a sapere. E quando il duce, nonostante le cautele di Mussolini, lo veniva a sapere, cercava di dimenticarsene fra le morbide braccia di Claretta. Lo sdoppiamento del dittatore, nell'imminenza di una guerra nella quale (puntando sui tedeschi) avrebbe giocato le sue ultime carte, era sempre più abituale e contraddittorio. Nel 1940, mentre il duce annunciava l'apertura delle ostilità contro gli anglo-francesi, Mussolini, conversando col genero, in famiglia, gli diceva: «Gover-*

*nare gli italiani, caro Galeazzo, non è né impossibile né difficile. È semplicemente inutile!».*

*Così, facendo il doppio gioco con se stesso, l'uomo di Predappio si avviava al suo tragico* terminal. *A conclusione di un ventennio tirato avanti a forza di improvvisazioni. Ormai bisognava essere ciechi e sordi per non capire che il Dux di Margherita Sarfatti, a forza di giocare con se stesso e col potere, fra le aquile romane e il letto della Petacci, era diventato il nostro* Playdux. *Gerente responsabile di una* play-society *littoria che indossava l'orbace sfottendo l'orbace, che metteva in pratica le direttive di Starace sfottendo Starace, che andava alle adunate sfottendo le adunate, che si autoprendeva per i fondelli inventando storielle antifasciste a getto continuo, che finì, perfino, col combattere assieme ai tedeschi sentendosi, nell'intimo, antitedesca.*

*Il* power-play *del duce (complice Mussolini) raggiunse, forse, il suo massimo nell'ottobre del 1941. Quando Rommell decise di contrattaccare gli inglesi a Tobruk. Stabilita la data delle operazioni, il maresciallo germanico inviò appositamente a Roma, in aereo, un colonnello del suo comando, con l'incarico di comunicarla a Mussolini. Pregandolo di non lasciarla trapelare, nel modo più assoluto. Giacché Rommell era convinto che fra i collaboratori del duce vi fossero molti personaggi infidi. Il dittatore assicurò, solennemente, che non avrebbe fiatato. Neppure con i più intimi. E fino alla vigilia dell'attacco, al quale Rommell attribuiva un'importanza decisiva, mantenne la promessa. Ma alla vigilia del gran giorno, verso sera, cominciò a dar segni di inquietudine. E verso mezzanotte, rimasto solo a Palazzo Venezia, non poté più resistere. Mediante il telefono che lo collegava direttamente col «Popolo d'Italia», si mise in comunicazione col nipote Vito, direttore del quotidiano da lui fondato:*

*«Senti, Vito! Domattina, verso le otto, Rommell attaccherà gli inglesi a Tobruk. Con tutte le sue forze. Butta all'aria la prima pagina e spara la notizia. Per la prima edizione, basta il titolo!».*

*«Ma... Benito! Credi proprio che convenga? Non danneggerà la sorpresa?».*

*«Macché! Ormai mancano solo poche ore! Sta' tranquillo! Mentre Rommell frega gli inglesi, tu freghi il "Corriere"!».*

*Aveva dichiarato guerra a tre quarti del mondo, ma gongolava all'idea di fare lo sgambetto a un quotidiano concorrente. E «borghese», per di più!*

G. C. F.

# Mussolini e le donne

Milano. Agosto 1914. Fa un caldo boia. Le tende dei negozi stampano ombre pesanti lungo corso Vittorio. È la mezza. I meneghini vanno a tavola. Comincia a popolarsi anche il cosiddetto Cantinone: una trattoria a prezzi popolari, vasta, piena d'ombra, situata nei paraggi del duomo. A una tavola d'angolo, si è seduto un tipo sulla trentina, di taglia solida. Baffi folti e scuri gli calano sulla bocca tumida. È avviato alla calvizie. Ha un'aria inquieta. Apre sulla tovaglia il «Corriere della Sera» e si mette a leggere. Sogghignando. Ogni tanto, i suoi occhi, neri ed aggressivi, si staccano dal giornale e scrutano la porta. Aspetta qualcuno. Con crescente impazienza. Si chiama Benito Mussolini. Quindici giorni prima, allo scoppio della guerra, ha lasciato la direzione dell'«Avanti!». Fra qualche mese, sarà espulso anche dal partito socialista. Per ora, è un giornalista disoccupato. Ma non per molto...

Infatti, ecco entrare al Cantinone la persona attesa. È l'ingegner Rolando Balducci, un socialdemocratico di Forlì. Si toglie la paglietta, si siede davanti a Mussolini, che ripiega subito il «Corriere», e gli dà una pacca sulla spalla, dicendo:

«Eccomi qua! Sono arrivato un'ora fa!».

«Com'è andata?».

«Tutto a posto! Hanno già versato la prima rata. Eccola!».

Balducci cava di tasca il portafoglio, tira fuori un foglietto rettangolare, piegato in due, e lo porge a Benito. Il futuro duce, nonché fondatore dell'impero, lo apre e lo fissa, per alcuni secondi, con occhi pieni di scintille. È un assegno circolare emesso dalla «Banque Nationale de la Belgique».

Centomila franchi. Moltiplicandoli, come minimo, per trecento, fanno trenta milioni d'oggi. Sufficienti a mettere in piedi un quotidiano «interventista», che propugni l'entrata in guerra dell'Italia al fianco della Francia e del Belgio. L'affare, con l'abile mediazione di Balducci, è andato in porto. Mussolini ha già pronta la testata: «Il Popolo d'Italia».

Verso le due, dopo un pasto leggero, Mussolini e Balducci escono dal Cantinone. Si lasciano con una prolungata stretta di mano. Balducci si allontana verso il duomo. Mussolini, la paglietta inclinata sull'orecchio, s'incammina, a passi rapidi, dalla parte opposta. Giunto all'altezza di via San Pietro all'Orto, scantona bruscamente. Risale la strada fino a un portoncino, contrassegnato col numero 5, sulla sinistra. Si ferma e pigia insistentemente il campanello. Dopo un po', rumore di ciabatte.

«Mo chi è?» fa una voce femminile, rauca ed annoiata, dall'accento bolognese.

«Il professore!».

«Ah! È lei! A quest'ora?».

Strepito di un robusto «ferromorto» e il portoncino si dischiude.

«Ciao, Enrica! La Wylma?».

«Sta facendo il solito riposino. Ma lei può ben salire!».

Benito risale la guida rossa, fissata con bacchette d'ottone, fino al secondo piano. Bussa a una porta color avorio. Aspetta un po'. Ribussa.

«Siiiii...» risponde, finalmente, una voce di donna, piena di sonno.

«Apri! Sono io! Occhiacci!».

«Occhiacci? Così presto? Come mai?».

La porta si apre. In una zaffata di profumo, borotalco, permanganato, appare una brunona spettinata. Attraverso la vestaglia di velo, i capezzoli sembrano due grosse monete di rame.

«Occhiacci! Ma che sorpresa!».

«Ho una grande notizia! Sei la prima a saperlo! Farò il giornale!».

La Wylma ne è sinceramente lieta. Sono già sette quindicine che è lì, nel famoso casino di San Pietro all'Orto. Il «sampedrino», come lo chiamano, affettuosamente, i milanesi. E Benito (Occhiacci, per lei) è il suo cliente del cuore.

In quel momento, Rachele, bionda e prosperosa, stava sonnecchiando sul letto matrimoniale, con accanto la piccola Edda, nel dignitoso appartamento d'affitto di via Castelmorrone. Viveva con Benito da cinque anni. Una domenica mattina, nel 1908, si erano incontrati davanti alla chiesa di Predappio. Lui, che la conosceva fin da bambina, le aveva puntato addosso le sue pupille magnetiche, dicendole:

«Accidenti! Come siete cresciuta! Siete già una signorina!».

«E *vò*, Benito! – gli aveva risposto lei, civettuola, in dialetto. – *Ac'bel omazz ca si devantè!*».

Lui, lusingato da quel complimento, l'aveva accompagnata verso casa, per un buon tratto di strada. E al momento di lasciarla, fissandola come il pitone la colomba, le aveva detto:

«Posso darti del tu?».

«*Mo zert!*».

«Bene! Tornerò a trovarti presto!».

Tanto presto non fu. Tornò a Predappio soltanto l'anno dopo. Da Trento. Dove aveva racimolato due modesti stipendi. Uno come segretario della Camera del Lavoro, l'altro come direttore del settimanale socialista «L'avvenire del lavoratore». Incassava, in totale, 340 lire al mese. Che corrispondevano, più o meno, alla paga di un capitano di fanteria e, quindi, gli permettevano di mettere su famiglia. Infatti, si portò via Rachele. La quale fu contentissima di seguirlo, senza far questione di matrimonio. Era figlia di «sovversivi» anche lei. Aveva sempre sentito parlare di libero amore e perciò le sembrava più che naturale convivere, senza scambio d'anelli e altre *quaionêdi* (coglionerie) del genere. Inoltre, la biondona era sicura del fatto suo. Era certa di non essere un capriccio. Altrimenti, Benito, da buon romagnolo, avrebbe cercato di fottersela dietro un angolo e poi via! Invece, portandosela su a Trento, ne aveva fatta la sua «compagna». Quella che resta, mentre le altre passano. Quella che occupa, saldamente, il fortilizio casalingo. Dove il maschio italiano, che ha l'adulterio facile ma resta fondamentalmente monogamo, corre a rifugiarsi dopo i pompeggi «extra». E Benito, nonostante il carattere impetuoso e le sue arie da ribelle indomito, non faceva eccezione alla regola.

Lo sapeva benissimo, Rachele, che lui andava, spesso e volentieri, *in te casen*. In casino. E non solo in quello «signorile» di via San Pietro all'Orto. Ma anche in quelli di via Fiori Chiari e del Bottonuto. Ch'erano veri e propri «sfogatoi». Non ne faceva neppure mistero con le signore del vicinato.

«Ma come? E lei glielo permette?».

«Che discorsi! Non mi chiede mica il permesso! Ci va quando gli scappa! D'altra parte, ha sempre il cannone carico. Lui dice che la funzione gli serve, soprattutto, per schiarirsi le idee! E col mestiere che fa, se non ha le idee chiare!».

Le idee chiare, Mussolini, non ce le ha mai avute. Né prima, né dopo la «funzione». La storia lo ha ampiamente dimostrato. Ma è vero che per lui le donne, in linea di massima, non ebbero importanza ed interesse al di fuori della «monta». Le trattò, quasi sempre, in modo sbrigativo. Quasi brutale. Tant'è vero che gli piacque moltissimo la definizione «orinali di carne», coniata da Giovanni Papini, per le donne, in una delle sue sgangherate filippiche giovanili.

Rachele passò accanto a Mussolini trentacinque anni. Prima compagna, poi moglie legittima. Prima soltanto donna, poi «Donna». Prima bionda, poi grigia. Fu perfettamente consapevole di essere cornificata. Addirittura giornalmente, se è vero quello che ha raccontato Navarra, l'usciere di Palazzo Venezia. Il quale sostiene che tutte le mattine, prima di mettersi al lavoro, «*er duce se faceva la su bella zaganella*», in un salottino, appositamente attrezzato, attiguo alla «storica» sala del Mappamondo. E ogni mattina con una diversa. Ma nonostante questo pompeggio «di massa», le rivali di cui Rachele si sentisse realmente preoccupata, in quanto protagoniste di una vera e propria relazione, furono, in tutto, cinque. Passiamole in rivista.

### *Ida Dalser*

Mussolini la conobbe a Trento, nel 1909. Lo stesso anno in cui si unì a Rachele. Pare che fosse una ninfomane. Di tendenze socialiste, era stata a letto con decine di «compagni». Non escluso, a quel che sembra, Cesare Battisti. Quando Benito, espulso dal governo austriaco come «indesiderabile», si stabilì a Milano, lei, incurante di Rachele, lo seguì. Raccontava che lui l'aveva regolarmente sposata e si presentava come «signora Mussolini». Non era vero. Altrimenti, anni dopo, quando Benito sposò Rachele (prima in comune e poi anche in chiesa) sarebbe diventato bigamo. E figuriamoci se i suoi avversari politici non ci avrebbero inzuppato il pane! Sta di fatto, però, che lui le passò sempre, con la massima puntualità, un tanto mensile. Prima cento e poi duecento lire, Rachele, al corrente della cosa, sopportava mugugnando. Andò fuori dai gangheri, invece, nel novembre del 1915. Quando la Dalser, mentre lei era ancora fresca del parto di Vittorio, ebbe un figlio, che Mussolini volle riconoscere e che fu chiamato Benito. Nel 1920, a proposito della Dalser, Mussolini scrisse all'amico Cesare Berti: «... Non ti sei ingannato, qualificandola una squilibrata. Dimmi cosa fa, come e dove vive. Falla sorvegliare e cacciala in galera che è il suo posto naturale. Io le passo, purtroppo, duecento lire al mese. Dammi notizie».

Nel 1923, dopo la conquista del potere, la Dalser sparì, rinchiusa, secondo alcuni, nel manicomio di Verona. «Benitino» restò in un collegio da pochi soldi fino al 1932, anno nel quale entrò in Marina, come «volontario a premio». Nella categoria radiotelegrafisti. Sistemazione piuttosto umile, per un figlio, sia pure naturale, del duce e per giunta proprio nell'anno in cui si stava celebrando, fastosamente, il «decennale» del regime fascista. Nel marzo del '41, dopo la batosta di Capo Matapan, il giovanotto, che somigliava al padre in modo impressionante, fu dato fra i «marò» dispersi.

### *Leda Rafanelli Polli*

Scrittrice, pittrice, anarchica libertaria, suonatrice d'arpa, veggente, spiritista. Sacerdotessa di Zoroastro, passata, in seguito, alla religione musulmana. Era molto alta, aveva una massa di capelli corvini e parlava in continuazione. Con voce profonda, ronzante. Circolava per Milano vestita, all'incirca, come un'odalisca. Con un turbante in capo, carica di collane, bracciali e monili tintinnanti. Faceva conferenze chilometriche ed era una bottonara temutissima. Mussolini la conobbe nel 1913. Le loro «compenetrazioni spirituali» (lei le chiamava così) avevano luogo, tre volte alla settimana, all'albergo Promessi Sposi, a Porta Venezia. Un giorno, lei gli bruciò il paglione e lui le indirizzò la seguente lettera. Anzi, «missiva»: «Mia cara Leda, stasera vi ho aspettato dalle 9 e 55 alle 10 e 45. Cioè, 50 minuti. Invano. Può darsi che non abbiate ricevuto il mio biglietto, oppure altre ragioni vi abbiano trattenuto. Sono rimasto inutilmente a fare il "palo". Non è un esercizio molto piacevole. Non vi ero più abituato da almeno sette od otto anni. Voi mi fate tornare ragazzo, cioè ingenuo, cioè impaziente, cioè idiota. Grazie! B.

«P.S. Ma ciò malgrado, sono sempre il vostro migliore amico. B.».

La Rafanelli, orgogliosa di avere ammansito il Capaneo di Predappio, mostrò la lettera ad alcune amiche. Una delle quali era l'amante del giornalista Ottavio Dinale, intimo di Mussolini. Appreso dall'amica il tenore della lettera, Dinale andò dal futuro «fondatore» e gli disse:

«Ma perché, Benito, scrivi certe fesserie? E poi, cosa ci trovi di tanto straordinario, in quella rompiballe?».

«Sarà una rompiballe finché vuoi, caro mio! – fece Mussolini, sgranando gli occhi. – Però fa i più bei masticazzi di Milano!».

Le «compenetrazioni spirituali» cessarono, di colpo, con l'entrata in guerra dell'Italia.

## *Angela Curti Cacciati*

Figlia di un vecchio socialista milanese, fedele amico di Benito e suo incondizionato ammiratore. Era una creatura delicata e soave. Fatta per le lunghe e trepidanti attese, nell'ombra. Da principio, i suoi rapporti col «Passatore della penna» (lei lo chiamava così) furono di tipo gozzaniano. Letterine romantiche. Passeggiate, mano nella mano, fra le verzure del parco. Gite domenicali nei dintorni. Tramonti guardati insieme. Ma dopo un paio di mesi, mentre si trovavano in un prato, dalle parti di Mozzate, lui, improvvisamente, le zompò addosso. E l'indomani riferì al solito Dinale che lei dibattendosi, lo aveva supplicato:

«No! Così no! Ti prego! Non sporcare anche me!».

E che lui, allora, le aveva detto:

«Aspetta un momento!», e le aveva messo sotto una copia del «Corriere».

«Non hai un'idea, Dinale, di come si fotte bene su un articolo di Ojetti!».

Una volta, le scrisse: «Te lo confesso, mia cara! Ogni volta che ti prendo, ho la sensazione d'essere un lupo che azzanna una candida agnella...». Col passar degli anni, l'erotismo si trasformò in un'affettuosa amicizia. Che durò, in un crescendo di rievocazioni patetiche, fino alla repubblica di Salò.

*Margherita Sarfatti*

È senz'altro la più importante. Quella che impensierì maggiormente Rachele. Forse, perfino più di Claretta. Perché quando Benito incontrò la Petacci, oltre ad avere cinquant'anni sonati, era un personaggio troppo pubblico, troppo «nazionalizzato», per poter abbandonare, di punto in bianco, la moglie legittima, i figli, la casa. Mentre la Sarfatti entrò nella vita di un Mussolini quarantenne, inquieto, voglioso, non ancora «storicizzato». Che avrebbe benissimo potuto passare, armi e bagagli, da Rachele a Margherita. Oltretutto, quando lui si era stabilito a Roma, dopo la «marcia», Rachele era rimasta su a Milano. E la stragrande maggioranza degli italiani non sapeva neppure che esistesse. E poi, la Petacci, gira e rigira, era soltanto una «gnocca». Mentre la Sarfatti era «anche» un cervello. Lucido, acuto, quasi virile. Una «ninfa egeria», colta e raffinata, educata da gran signora, che poteva certamente aiutare Benito a farsi un *cliché*, a impratichirsi di etichetta, ad entrare con disinvoltura nel giro della grande borghesia e perfino in quello, ancor più temuto, dell'aristocrazia romana. Rachele sentì puzza di bruciato. E prendendo le cose di petto, con quella schiettezza popolare che non le venne mai meno, neppure all'apice del potere, piombò giù a Roma e mise le carte in tavola:

«Allora, Benito! Pochi *ciaccari*! Cos'è per te, 'sta Margherita?».

«Beh!... Una buona amica, una consigliera...».

«Va bene! Ma ormai di consigli te ne ha dati abbastanza! Piantala, perché se mi prendono i cinque minuti, vi faccio neri, tutt'e due, *comm un capel da pritt!*». Un cappello da prete.

C'era poco da scherzare. Mussolini e la Sarfatti decisero, come voleva una canzone del tempo, di lasciarsi «così, senza rancor». E solo molti anni dopo, nel 1934, mentre lui si accingeva a fondare l'impero, lei pubblicò *Dux*. Una biografia nella quale il dittatore è descritto, in gioventù, come un ribelle irriducibile, violento, manesco, rissoso, spesso generoso, talvolta crudele. Una specie di Ravaillac, incrociato col Garrone di De Amicis. Quando lesse quelle pagine, Rachele disse:

«*Ac busedra!* (bugiarda!) Il mio Benito, da giovanotto, s'incattiviva solo quando gli mancavano i soldi per le sigarette!».

## *Cornelia Tanzi*

Nel giugno del 1932, Mussolini capitò, senza preavviso, alla «Fiera del libro». Quell'anno i chioschi e i banchi delle varie case editrici erano sistemati ai Mercati Traianei. La giornata romana era splendida. Il dittatore in completo di lino candido, girellò fra pile di volumi, autori e stampatori, distribuendo cenni di saluto e sorrisi. Si fermò per una stretta di mano (non ancora abolita) a Lucio D'Ambra. Diede una pacca amichevole sulla spalla di Marcello Gallian. Improvvisamente, si trovò davanti al banco dove la poetessa Cornelia Tanzi offriva la sua ultima raccolta di liriche. Alla vista del «capo», la scrittrice, brunetta, piccolina, dagli occhi vellutati e dalla bocca dipinta a cuore, sorrise in modo allusivo, porgendogli il volume.

Mussolini si accigliò. Proprio il giorno prima gli avevano riferito che la Tanzi, con la quale aveva avuto rapporti letterecci, andava in giro a raccontare i particolari di quell'intimità. Con intenzioni vagamente speculative. Di fronte alla manina che gli porgeva il volume, ebbe, perciò, una specie di scatto istintivo all'indietro. Come per difendersi. Poi ci ripensò. Prese il libro, quasi strappandolo all'autrice, lo passò al suo segretario particolare Polverelli e disse a voce alta: «Lo leggerò! Ma per quanto concerne la poesia femminile, penso che le donne dovrebbero limitarsi ad ispirare agli uomini belle poesie, anziché scrivere brutti versi!».

E continuò il suo giro. Mentre la Tanzi, col suo libro stretto al petto, piangeva. Stavolta, il suo romanzo d'amore ducesco era proprio finito!

### *Claretta*

Quando e come avvenne il primo incontro fra Mussolini e la Petacci? Dopo tanti anni, la questione è ancora controversa.

Qualcuno sostiene che Claretta conobbe il «capo» nell'autunno del 1934, avendo ottenuto di conferire con lui, a Palazzo Venezia, per questioni riguardanti la carriera del marito, Riccardo Federici, tenente d'aviazione, col quale era sposata da pochi mesi. Secondo questa versione, Mussolini avrebbe acconsentito a riceverla, perché raccomandata dal suo confessore, il gesuita marchigiano Tacchi Venturi. Ma un incontro del genere, tutto sommato, sembra improbabile.

Invece, secondo il piemontese Boratto (padre di Caterina, l'attrice riesumata da Fellini), che fu autista e uomo di fiducia di Mussolini all'alba degli anni Trenta, l'impatto fra il dittatore e la sua morbida favorita avvenne due anni prima, nel dicembre del '32, e in circostanze del tutto diverse.

Claretta, in quel dicembre, soggiornava, a detta di Boratto, all'Albergo delle Nazioni, a Rieti. Aveva con sé soltanto la sorellina Myriam, allora dodicenne. Il duce, intanto, si stava godendo l'aria frizzante del Terminillo, al Pian di Valli, dove alloggiava all'Hôtel Savoia. Si stava ricaricando, dopo le dure fatiche sostenute nelle maggiori città d'Italia, fra ottobre e novembre, per celebrare solennemente il decennale fascista. Proprio al Savoia, secondo l'autista, il condottiero cinquantenne e la brunetta, che aveva appena compiuto vent'anni, ebbero i primi *tête-à-tête* e i primi abbandoni. Protetti da una fitta rete di poliziotti vestiti da sciatori, che si guardavano bene, tuttavia, dallo sciare.

Ma uno dei più autorevoli biografi di Mussolini, Paolo Monelli, contesta decisamente la versione di Boratto. Per due buoni motivi. Primo, il duce fece le sue prime apparizioni sulle piste del Terminillo nell'inverno del 1936, sciando, spesso a torso nudo, fra la riverente immobilità degli altri «terminillisti». Secondo, nel dicembre del 1932 l'Hôtel Savoia non c'era ancora, essendo stato inaugurato soltanto due anni dopo.

E allora? Unico, abbastanza attendibile, resta il racconto dell'«auto-incontro di Ostia», come ci è stato tramandato dall'amante di Marcello Petacci, Zita Ritossa, la quale ne raccolse la narrazione dalla viva voce di Claretta.

Secondo la Ritossa, Mussolini e la Petacci si guardarono per la prima volta negli occhi l'8 settembre (data fatidica!) 1933. Lui all'apice del potere, autorevole, solido, ma già piuttosto scosso alla prima occhiata. Lei fresca, palpitante e disposta, fin dal primo sguardo, a qualsiasi slancio. Quel giorno, la famiglia Petacci, al completo, più il fidanzato di Claretta, Riccardo Federici, stava facendo una gita in automobile, dalle parti di Ostia. Piombò su di loro, all'improvviso, rombante, un'Alfa di modello sportivo. Decappottabile e supercompressa. A bordo della macchina, rossa come un peperoncino, vi erano Mussolini e un paio di fedelissimi. I Petacci lo riconobbero e si abbandonarono a festosi inneggiamenti. Il «capo», nel sorpassare la loro macchina, ne adocchiò distrattamente il carico. Ma, poco più in là, bloccò bruscamente l'Alfa. Lasciandosi raggiungere dai Petacci. Marcello, al volante, bloccò a sua volta. Vi fu uno scambio di saluti, di complimenti, di «alalà» e di saluti a braccio teso. Il duce fu bonario, cortese e vagamente indagatorio. Claretta, tutta bianca di organza, simile a un enorme gelato al limone, nera solo di pupille e di chiome, fu più ardita e provocante del solito. Sotto gli occhi dei suoi familiari e del fidanzato, quella mattina scoccò la prima scintilla di un romanzo rosa. A triste fine.

Questo la Ritossa udì raccontare da Claretta. Ci dev'essere, tuttavia, un errore di data. Infatti, da una relazione del ministro littorio Calza-Bini, circa i lavori eseguiti nel quinquennio '30-35, per la restaurazione imperiale di Roma, risulta che proprio la mattina dell'8 settembre '33, Mussolini s'intrattenne, dalle nove all'una passata, nel cantiere dove si stava restituendo all'antico splendore il tempio di Venere Genitrice. Il «capo», in quell'occasione, indossava una curiosa uniforme «mista», con giacca borghese, berretto da *yachtman*, pantaloni grigi alla cavallerizza e quegli stivaloni gialli, che, si può dire, non si era più tolti da quando, nell'ultima decade d'agosto, era andato in Piemonte per assistere alle grandi manovre. Claretta, descrivendone l'apparizione, a bordo dell'Alfa, disse alla Ritossa:

«Intravidi un ufficiale anziano, abbronzato, accanto a un altro ufficiale molto più giovane, biondo. Nel primo, riconobbi subito il duce...».

Anche una questione d'abito, dunque, rende assai improbabile che il primo incontro fra i due sia avvenuto l'8 settembre del '33. Anche se è una data che fa gola...

Comunque, sul finire del '33, Claretta e il fidanzato, non si sa perché, fecero una gran baruffa. Restarono senza parlarsi fino al marzo '34. Poi, verso la metà d'aprile, fecero la pace. Vi fu un altro screzio, ai primi di giugno. Quindi, due settimane dopo, altra rappacificazione. E, finalmente, il 24 giugno, il matrimonio, improntato ai gusti scenografici del cosiddetto «generone» romano: merletto bianco, ghirlande, pennacchi, gioielloni, violini... Le nozze, dato l'incarico del professor Saverio Petacci in Vaticano, furono celebrate dal cardinal Gasparri, segretario di Stato di Pio XI e firmatario dei Patti Lateranensi. Ma nonostante il tono elevato della cerimonia e l'aria assorta «da madonna», come si dice a Roma, con cui la sposa andò all'altare, c'era già, sullo sfondo, l'ombra, marcatissima, granitica, del «condottiero insonne». Colui che già da diversi mesi, per la Fornarina di casa Petacci, era soltanto «Ben». Fra incontri appassionati, furiosi corpo a corpo, bruschi distacchi, telefonate improvvise, ore inquiete e minuti voluttuosi. E il matrimonio durò meno di un anno. Nel maggio del 1935, il tenente Federici si squagliò. Per non tornare mai più.

Claretta, un po' ammaccata nell'orgoglio, ma senza la minima lacerazione sentimentale, lasciò l'appartamento dove si era sistemata dopo le nozze e tornò al nido della sua trasognata adolescenza. Quasi certamente, in quegli undici mesi di matrimonio, oltre alle rare carezze del marito e alle ciclopiche espansioni del dittatore romagnolo, la bruna signora si era abbandonata, in un'alcova segretissima, alle effusioni di un «terzo uomo». Che, con ogni probabilità, fu il vero, penoso amore della sua vita.

Mussolini, a giudicare dai suoi improvvisi malumori e dai suoi rabbuffi, seguiti da periodi di freddo, talvolta abbastanza lunghi, doveva saperne qualcosa. Già dai primi passi della relazione. Lui aveva cinquant'anni. Lei quasi trenta di meno. Lei aveva una quantità di cose, in vista e sottopanni, che per lui erano fonte continua di seduzione e desiderio. Cose che un uomo alle soglie della vecchiaia non può permettersi il lusso di buttar via. Anche se è un potente della terra. Così, a denti stretti, aveva tollerato. Ma verso la fine del '36, o nella primavera del '37, in un clima di austerità autarchica, fra vapori di «tè karkadé» e vergognose mangiatoie alla greppia etiopica, si decise a liquidare ogni ombra di rivalità. Una mattina, ringhiò sulla tramortita Claretta tutto il suo minaccioso disprezzo. Se la prese anche con la madre, accorsa di rinforzo, gridandole:

«Forse mi sbaglio, signora, ma ho l'impressione che siate una ruffiana!».

Poi, scartabellò sotto i due nasi, arrossati dal pianto, i rapporti della polizia, quelli dell'OVRA, le «veline» rosa della Squadra Speciale, le schede grigie del Servizio Presidenziale e i testi stenografici dell'ascolto telefonico permanente, che il ministero degli Interni aveva organizzato esclusivamente per controllare gli apparecchi segnalati dal «capo». Quello di casa Petacci era sotto ascolto già da un paio d'anni. Gli invisibili «lavoratori dell'orecchio», agli ordini di Bocchini e di

Leto, s'erano inseriti nella vita telefonica dei Petacci fin dai primi palpiti del cuore ducesco. Ed esisteva, in un blocco di ascolti stenografati, una certa conversazione, fra Claretta e un uomo. A proposito del quale, lo zelante intercettatore aveva annotato: «Dalla voce dev'essere piuttosto giovane. Parla da istruito. Accento abruzzese o pugliese ma non sotto Foggia». Quanto alla conversazione, che risaliva al marzo del '35, aveva un tono più cameratesco che amoroso. Ma a un certo punto, lui diceva:

«Te ne ricordi di quella sera, a Fregene?... Dentro quella barca...».

«E vuoi che non me ne ricordi? Sei stato meraviglioso!».

Rileggendo quelle battute, Mussolini digrignò i denti. Quindi, tutto proteso verso la tremebonda Claretta, urlò:

«Credevo che foste una sposa onesta, così come ritenevo che da fanciulla foste pura! Credevo che oltre a vostro marito non aveste che me! Invece, c'era un altro! Un tizio qualsiasi! Siete una puttana!».

E le rifilò due sberloni. Lei, con un gemito straziante, cadde esanime.

Qualche giorno prima, all'ospedale militare del Celio, era morto, in seguito a un attacco di malaria perniciosa, uno studente universitario. Il quale, delirando per la febbre a 41, aveva gridato a più riprese:

«Dove sei Claretta! Perché non vieni qua da me! Non gli è bastato a quel porco d'essersi presa tutta l'Italia! Ha voluto anche te!».

Bocchini, subito informato, si era precipitato al letto del moribondo. Un «fuori corso» d'ingegneria, che nel febbraio del '36 era partito volontario per l'Abissinia. Da dove era stato rimpatriato, a guerra finita, in condizioni di salute disperate. Si chiamava Massimo Giorgeri. Era nato a Pescara, nel 1910. Era piuttosto alto e snello. Suonava il pianoforte, a orecchio, con molto estro. Aveva tentato di fare del cinema. E probabilmente, nel 1933, una piccola parte doveva anche averla fatta. Era veramente lui il «terzo uomo»? È probabile. Ma non lo seppe mai, con certezza, neppure Mussolini. Claretta gli diede la vita, ma non gli tolse quel dubbio.

Nella sua esistenza di 62 anni, Mussolini ebbe perlomeno una dote, sulla quale non si possono avanzare dubbi o riserve. Fu un eccezionale «mimotecnico». A questo proposito, nel corso di una conferenza tenuta alla Farnesina, nel '39, sul tema *Il duce atleta integrale, in quanto uomo totale*, il console Candelori spiegò: «Mussolini può imparare qualsiasi esercizio fisico in un terzo del tempo necessario a chiunque altro, perché non si sforza di apprenderne il meccanismo interno. Parte subito dall'imitazione dei movimenti, dagli aspetti esteriori. Teatrali. Mimici. Gli basta osservare gli atteggiamenti dei campioni, per arrivare, automaticamente, alla meccanica muscolare».

Con questo sistema, secondo Candelori, era riuscito, già cinquantenne, a diventare un buon sciatore. Facendo solo rare puntate a Roccaraso e in altre località dell'Appennino umbro-marchigiano, negli inverni dal '32 al '35. E nel dicembre del '36, ormai padrone del «cristiania» e di tutte le «spine di pesce» possibili e immaginabili, fece la sua apparizione ufficiale sulle nuove piste del Terminillo (da lui battezzato «montagna dell'Urbe») attorno a Pian di Valli e Prà di Rocco. Località che, nel biennio '34-35, erano state «avvicinate» a Roma, mediante svelti raccordi aperti fra le immediate adiacenze delle piste e la statale n. 4 Roma-Terni.

Mussolini si esibì, a Pian di Valli, in alcune discese circonfuse di neve polverizzata. Era a torso nudo e il vello ancora scuro, sui pettorali, gli sparì ben presto sotto un velo di brina dal brillìo cristallino. Agli occhi della folla (secondo, naturalmente, i giornali del tempo) apparve «magnifico». Le signore lo giudicarono un autentico campionario di attrattive mature. Dopo l'esibizione, fu applaudito, per circa un'ora, con entusiasmo. I discesisti della squadra «Fiamme d'Oro» (i Metropolitani di Roma) mescolati alla massa domenicale e dopolavoristica, battevano le mani con foga particolare. Imitati dai poliziotti in borghese e dai carabinieri in incognito.

Ma la proclamazione dell'era imperiale, avvenuta nel maggio di quel '36, metteva sulle spalle degli italiani grosse responsabilità, a controbilanciarne la gloria. L'Italia non era più la «grande proletaria». Era una grande nazione alla testa di molte popolazioni arretrate. Era divenuta una «madre nobile». E come tale non poteva più, come un tempo, praticare costumi leggeri o, per dirla alla spagnola, «picareschi». Gli anni Quaranta le chiedevano compostezza e dignità. Austerità.

Mussolini, primo di tutti gli italiani anche in quella metamorfosi da Gran Capo dei Nullatenenti a Pastore Latino delle Torme Arretrate e Assoggettate, non era più quello di prima. Era più solenne, più distaccato: ineffabile. Il suo sorriso, ormai, apparteneva al paesaggio nazionale. Con le donne non era più un «maschiaccio, dallo sguardo apricosce», come ai tempi in cui era un *habitué* di riguardo di tutti i casini milanesi. Ora, era un cortese signore di mezza età, nel quale le maniere cavalleresche e protettive conservavano appena una punta di aggressività priapica. Tutto il suo planetario sentimentale ed affettivo ruotava, ormai, attorno alla stellona casalinga e, talvolta, un po' sfottente di Rachele, anzi, Donna Rachele, e alla stellina palpitante di Claretta. Qualsiasi altra stella «fissa» sarebbe stata disdicevole.

Una decina di giorni prima del Natale '38, mentre Claretta stava smaltendo, incollata al termosifone, uno dei suoi frequenti raffreddori, Mussolini salì al Terminillo, in compagnia di Starace e di un generale della milizia. Quel tale Antonelli, di La Spezia, ch'era destinato a restare prigioniero degli inglesi, nella contraddanza libica del '41. «Ieri mattina – annunciò Radio Londra – abbiamo catturato il generale Antonelli. Se Mussolini ci promette di dargli il comando di un'altra divisione, glielo restituiamo».

Anche stavolta, a torso nudo, il condottiero di Predappio si gettò a valle. E dandosi l'aire coi bastoni, notò una bella bionda, ricciutissima sotto il cappuccetto turchino, che gli faceva, sulla destra, una gimcana, morbida e aggraziata, da canna al vento. Tenendogli puntate addosso le acquemarine degli occhi.

Nonostante Rachele fosse bionda, Mussolini non aveva alcun debole per le bionde. Solo una trentina d'anni prima, quando aveva passato alcuni mesi a Trento e a Tolmezzo, s'era avventato su un paio di «canapone» altoatesine, che però a suo dire avevano troppo dell'artigliere da montagna.

Ma questa tipa che lo bisturizzava con gli occhi, molto somigliante a una Joan Blondell in magro, o a una Gloria Stuart in grasso, gli metteva un certo citrato nel sangue. Aveva tratti celestiali, come certi angeli di Melozzo da Forlì (il suo pittore prediletto), e al tempo stesso un che di perverso e di irridente.

Le sorrise. Cosa inaudita, non fu ricambiato! L'angelo inquietante continuò a graffiarlo con quegli occhi di berillo, restando impassibile.

Poche ore dopo, la macchina sfrecciava verso Roma, circondata da torme meravigliate ed inneggianti di automobilisti e «centauri» che proprio non sembravano quello che erano: vale a dire agenti di PS in borghese. Il «capo» taceva. I suoi occhi, simili a bocche di pistola, nel volto abbronzato dal sole dei nevai, guardavano spesso in su. Vagando nel cielo turchino. Ad un tratto, non poté più contenersi:

«Avete notato – sbottò, rivolto a Starace – quella signorina, su al Terminillo? Quella bionda... In costume blu... Graziosa... Un po' rigida...».

«Certo, duce! – rispose il segretario del partito. – E mi sono anche accorto che vi fissava... Come dire... Ecco! Con avidità!».

«Avete preso lucciole per lanterne!».

«No! Vi assicuro! Che magnifici occhi chiari, aveva! Gli stessi occhi di Brigitte Helm!».

«Già! – fece Mussolini, perplesso. – Ora che ci penso, avete proprio ragione! Brigitte Helm! Sicuro! Ecco a chi somigliava!».

E due giorni dopo, tornò su. Stavolta con Candelori e Cianetti. Due provetti sciatori.

La rivide. Pareva che non si fosse mai mossa dalla pista. Indossava lo stesso costume blu. Era un po' più morata, in viso. Sulla tintarella, i suoi ricci splendevano come matassine d'ottone. Lo trafisse di nuovo con gli occhi chiarissimi. Lui le serpeggiò attorno giulivo, eccitato, ringiovanito. Mentre i suoi accompagnatori lo adocchiavano, un tantino allarmati.

La notte, stavolta, la passarono lì. Ma l'angelo, che forse faceva parte di qualche branco dopolavoristico, sparì improvvisamente. Come un miraggio.

Riapparve l'indomani. Il «fondatore» cominciava a provare un vago senso di apprensione. E se proprio ora, sul rettilineo della sessantina, fosse inciampato in una passione famelica, travolgente? Ora che doveva pilotare l'Arca dell'Impero: carica di famiglie bianche, brune, nere, olivastre, avoriacee, cattoliche, maomettane, copte, pagane, ortodosse?

Contrariamente al suo solito, si confidò con Candelori e Cianetti. Parlò con lo scalpello in bocca. Gli occhi gli fiammeggiavano come gli spioncini di un altoforno. L'idea di entrare in un giro di complicazioni, di scenate familiari e di scandali lo impauriva. Ma l'angelo del Terminillo lo tentava. Tornato a Roma, ne parlò ai suoi collaboratori più intimi. Anche a Ottavio Dinale, che era il più fedele ma severo dei suoi amici. La descrisse perfino a Luigi Russo, che aveva nominato, pur considerandolo un coglione, generale, prefetto e presidente del «Nastro Azzurro».

Ma tardava a ordinare indagini, per sapere chi fosse la bionda, dove abitasse e che facesse. Se fosse signorina o signora. Un giorno, confidandosi con uno della vecchia guardia, gli disse:

«Sai? M'è venuta un'idea bizzarra. E se avessi trovato una che se ne strafotte di me? Una che mi manderebbe a quel paese, se mi decidessi ad abbordarla?».

«Impossibile!» gridò il gerarca, indignato alla sola ipotesi che una donna, fosse pure la Madonna, potesse respingere il duce.

«Mah! Con quegli occhi...» fece Benito, accarezzandosi la storica mandibola.

Poi, un pomeriggio, non potendone più, telefonò al fido Bocchini:

«Tutto, mi raccomando! Voglio sapere tutto!».

«Non dubitate, duce! Questione di poche ore!».

Infatti, quella sera stessa...

«Sposata. Separata legalmente. Anni 27. Nativa di Sacile (Udine). Padre ignoto. Madre croata. Due contravvenzioni. Un foglio di via. In possesso di regolare licenza per esercitare la prostituzione. Ultima quindicina a Roma, nel postribolo inteso “Grottino”, poiché situato nel vicolo omonimo. Risultanze sanitarie NN».

Il duce teneva il rapporto sotto i biechi neri degli occhi. Il suo segretario, Chiavolini, fissava, un tantino imbarazzato, l’orlo del grande tavolo di noce.

«Così – fece Mussolini – è una di quelle!».

Disse proprio così. Tornando, ad un tratto, alla terminologia di Umberto Notari e Mario Mariani. Lacerò il rapporto e lo lasciò nevicare, frammento su frammento, nel cestino di cuoio bulinato, alla sua sinistra. Quindi, riprese:

«Beh! Credo proprio che al Terminillo sia terminata qualcosa! Del resto, c’è un proverbio russo che dice: non chiedere mai a chi incontri sulla neve come pagherà il pane che sta crescendo sotto la neve».

«A che proposito, duce?».

«Casistica, caro Chiavolini, casistica! Che, qualche volta, diventa casinistica! Coraggio! Andiamo avanti!».

# I «play-boys» del regime

Dicembre 1918. Primo Natale di pace. Per modo di dire. In realtà, l'Italia era già alle prese con un dopoguerra pieno di guai. Reduci scontenti. Disoccupazione in rapido crescendo. Inflazione. Penuria di alimenti. Carovita. Febbre «spagnola». Smargiassate cafonesche e provocatorie dei nuovi ricchi (i cosiddetti «pescicani») che esasperavano i contrasti sociali. E il governo, con a capo il settantenne Vittorio Emanuele Orlando, non sapeva, in pratica, che pesci pigliare. Che fare? Se lo chiedevano tutti. Ma Mussolini, a Milano, si chiedeva: che faccio?

Congedato dall'11° bersaglieri col grado di sergente, il romagnolo era tornato a dirigere il «Popolo d'Italia». A denti stretti, gli occhi avidi di rivincite. Era convinto che, in quel marasma sociale ed economico, gli spettava una parte di primo piano. Ma non aveva le idee chiare. E aspettando il suo momento, accarezzava, in cuor suo, un vecchio sogno. Lo stesso sul quale aveva fantasticato, tanto spesso, in trincea. Rientrare, trionfalmente, nel Partito Socialista, dal quale era stato espulso alla vigilia della guerra. Defenestrare i «santoni», come Turati, Treves, Graziadei, D'Aragona eccetera. Trasformare il partito di sana pianta, liquidando il marxismo e dandogli, in compenso, la sua impronta personale. Dopo di che, alla testa di una classe operaia mussolinizzata, mettere con le spalle al muro i borghesi. Barattando il quieto vivere col potere. Quanto a fondare un nuovo partito, in quei giorni non ci pensava neppure vagamente. Tant'è vero che, in uno dei suoi primi articoli di fondo, aveva scritto:

«L'Italia ha soltanto una via d'uscita. Affidarsi a un forte Partito Socialista, ripulito e disinfettato dalle cantine alle mansarde. Liberato da tutte le muffe e da tutte le ragnatele ideologiche che lo bloccano fin dalla sua nascita. Ringiovanito negli uomini e nei principi. Convinto, finalmente, che i problemi dei lavoratori possono essere risolti una volta per sempre solo nel rispetto dell'ordine e nel culto della Patria!».

Era un sogno veramente realizzabile? Per rendersene conto, in quel dicembre gelido e confuso, Mussolini tastò il polso ad alcuni «compagni», abbastanza autorevoli, coi quali, perlomeno in privato, aveva conservato buoni rapporti. Gli tolsero ogni illusione. Tutte le porte del socialismo, su tutto lo schieramento, dai massimalisti intransigenti ai moderati più accomodanti, gli erano chiuse per sempre. Perfino i blandissimi riformisti, raccolti attorno e Leonida Bissolati, non se la sentivano di dargli credito. E allora? Su quali forze poteva puntare? Non certo su quelle cattoliche, memori del suo acceso ateismo. E neppure su quelle di una borghesia tremebonda, diffidente di qualsiasi novità, tuttora attaccata come un'ostrica agli schemi della democrazia giolittiana.

Mussolini aveva l'amara sensazione di trovarsi in un vicolo cieco. Stava già per rinunciare alle sue brucianti ambizioni politiche, rassegnandosi alla *routine* giornalistica, quando si verificò un avvenimento che gli schiarì l'orizzonte e gli fece rifiorire la speranza. La mattina del 19 gennaio 1919, in una Milano intorpidita dalla neve, Ferruccio Vecchi, ex capitano dei battaglioni d'assalto (le «fiamme nere», «mamma non piangere se c'è l'avanzata...», «pugnal fra i denti, le bombe in mano...») fondò l'associazione «Arditi d'Italia». Col plauso, anzi, la benedizione di Gabriele D'Annunzio e i crepitanti elogi del futurista F. T. Marinetti. L'iniziativa di Vecchi ebbe un successo immediato, esplosivo. Un mese dopo la prima adunata milanese, sul finire di febbraio, l'associazione aveva già nuclei e sezioni in tutti i principali capoluoghi di provincia. Gli arditi romani, chiamati a raccolta da Giuseppe Bottai, figlio di un grossista di vino, erano circa 2.000. A Napoli, il tenente Ferrara, che continuava a girare col pugnale al fianco, ne aveva tesserati circa 500. Duecento ne aveva inquadrati, a Pavia, il focoso tenente Berretta, soprannominato «il gallo nero». La sezione di Siena, messa in piedi da «Macinacristi» (Maso Cialdani) era in piena attività. Le «fiamme nere» di Genova si erano strette attorno all'intrepido tenente Pasini. Mario Gioda arringava, quasi giornalmente, quelle di Torino, incitandole a una «fulgida riscossa» non meglio precisata.

La fronte del crucciato Mussolini si spianò. Dai suoi occhi, spalancati sull'avvenire, sparì l'ombra del dubbio. Aveva trovato, finalmente, il suo pitagorico punto d'appoggio. Certo! Se le forze del lavoro, manovrate da Turati e da Treves, già in parte influenzate dai «bolscevichi» Bordiga e Gramsci, avevano respinto le sue profferte, poteva sempre puntare sui professionisti della violenza. Sui giovani «pugnalatori» del Piave e del Carso, che avevano subito risposto, con entusiasmo, alla chiamata di Ferruccio Vecchi. Ragazzoni spavaldi e strafottenti, in gran maggioranza piccolo-borghesi, capaci, forse, di affrontare la morte ridendo, ma spaventati, senza forse, all'idea di riprendere gli studi o di tornare in ufficio. Il loro unico credo era racchiuso in tre parole: «Me ne frego!». Firmato: D'Annunzio. La loro guida spirituale, morale e sentimentale, era Guido Da Verona. Al fronte, fra una bomba e l'altra, fra un colpo di pugnale e l'altro, si erano edificati alla lettura di *Mimì Bluette*, *fiore del mio giardino* e di *Colei che non si deve amare*. Erano tornati a casa pieni di un generico rancore per tutti e per tutto. Quando non erano stravaccati in casino, erano accampati al caffè. Rifiutandosi, spesso, di pagare le bibite al cameriere e la marchetta alla puttana, perché loro, «boia d'un mondo!», avevano guardato la morte in faccia! E mentre gli imboscati, nelle retrovie e molto più indietro, s'ingrassavano, facendo la bella vita, loro, «mondo boia!», zompavano al di là dei reticolati, a sbudellare e a farsi sbudellare. Partivano in cento e tornavano in venti. E tutto questo perché? Per chi? Per questi italiani di merda, che si lasciavano governare dal «Labbrone del Viminale» e da «Cagoia» (Giolitti e Nitti, secondo D'Annunzio)? Che agitavano la bandiera rossa, anziché il tricolore «riconsacrato», sul Grappa e a Gorizia, dal sangue di 500.000 caduti? Che scioperavano in nome di Carlo Marx (un tedesco!) anziché, per dirla con Delacroix, «onorare con opere assidue e indefesse l'Italia di Vittorio Veneto, dolente e gloriosa»? Che si preoccupavano di «contingenze vilissime e pecorili» (D'Annunzio) come il prezzo dei generi alimentari, anziché marciare in massa cantando gli inni della Patria, alla conquista di «Fiume tradita», di «Traù, Zara e Sebenico, abbandonate, proditoriamente, alla barbarie slava» (Corradini)?

Una delle prime «azioni» compiute dai seguaci di Ferruccio Vecchi, il 27 gennaio '19, fu mandare all'ospedale, pieno di bitorzoli e di abrasioni, un certo professor Barucchelli, insegnante di storia e geografia al ginnasio «Mameli». Colpevole di aver detto ai suoi studentelli che, dopo tutto, il vero nome di Fiume, Sebenico, Zara e Traù era Rjeka, Scibenjk, Zadar e Trogir. Il professore era un socialdemocratico che aveva fatto la guerra come tenente degli alpini ed era stato ferito sull'Adamello. Dove aveva anche meritato una medaglia di bronzo. Ma Gianni Brambillaschi, uno dei più spericolati adepti del capitano Vecchi, scrisse sull'«Ardito», organo ufficiale della nuova associazione, che, secondo lui, chi non aveva «fatto la guerra nei battaglioni d'assalto, anche s'era morto in guerra non aveva fatto la guerra».

Mussolini, a partire dal 19 gennaio, seppe in che direzione muoversi. L'«arditismo», anziché il socialismo riveduto e corretto, sarebbe stato il propellente politico che, prima o poi, in modo più o meno consistente, lo avrebbe portato a un posto di governo. L'idea di agguantare il potere assoluto non lo sfiorava neppure. Ma un ministero, con la spinta di quei giovani «che avevano già osato l'inosabile e tutto erano ancora pronti ad osare» (Sem Benelli) non glielo avrebbe tolto nessuno. Il futuro dittatore telegrafò subito a Vecchi, per manifestargli il suo entusiasmo e la sua «fraterna, totale adesione». Ne esaltò la «splendida iniziativa» nei «fondi» del «Popolo d'Italia». Accelerando, al tempo stesso, i preparativi per la fondazione di quel nuovo partito che avrebbe dovuto dare un certo indirizzo politico all'arditismo. Incanalandone le energie e le rivendicazioni verso Montecitorio.

Se Mussolini, nel suo intimo, stimasse, e fino a che punto, quei «generosi e beffardi ribaldi» (D'Annunzio) è un altro discorso. Per lui, che si riteneva il legittimo erede di Machiavelli, erano soltanto un mezzo, giustificato dalla causa. Ma avrebbe certo preferito vedere, levate nel saluto romano, le mani degli operai e dei braccianti, indurite dal martello e dalla falce. Anziché quelle pallide mani borghesi, che avevano maneggiato solo bombe «Sipe» e pugnali. Il 23 marzo 1919, quando, bruciando le tappe, in piazza San Sepolcro, diede il via al Partito Fascista, riunendo i primi «antemarcia» in un salone «gentilmente concesso» (e *pour cause!*) dalla Presidenza del Circolo degli Interessi Industriali e Commerciali, Mussolini sentì, forse, riecheggiare, dentro di sé, le roventi parole che aveva pronunciato, nel 1914, reagendo all'espulsione dal partito socialista:

«Voi credete di perdermi! V'illudete! Voi mi odiate perché mi amate ancora! Sono e rimarrò socialista... E quando verrà l'ora, voi mi vedrete ancora, lo vogliate o no, al vostro fianco!... Non crediate che io mi separi gaiamente da questa tessera! Strappatemela pure! Ma non mi potrete impedire di restare in prima fila per la causa del socialismo! Viva il socialismo! Viva la rivoluzione!».

Ma ora, lì davanti a lui, nel salone gentilmente concesso dagli affaristi meneghini, quasi tutti arricchiti di guerra e nemici giurati del socialismo, non c'erano i rappresentanti del proletariato. C'erano gli arditi di Ferruccio Vecchi. Barbuti, spettinati, imbasettati e petulanti. Torvi per abitudine, minacciosi di professione. No! Diciamo la verità. Non gli piacevano. Anche se gli servivano. Anche se era stato costretto ad accaparrarseli, in fretta e furia, per sottrarli al fascino di D'Annunzio. Ch'era il suo vero rivale e che, secondo certe voci correnti, stava preparando uno dei suoi colpi melodrammatici, aulici e sensazionali. Qualcuno parlava di Fiume...

La sera del 23 marzo, dopo l'adunata di piazza San Sepolcro, parlando col fratello Arnaldo, Mussolini disse:

«*L'è andeda ben! Ma là denter u i era tropp vidlon!*».

Traducendo dal dialetto romagnolo: «È andata bene! Però là dentro c'erano troppi vitelloni!».

Il famoso film di Federico Fellini mi risparmia la fatica d'illustrare cosa intendano i romagnoli per «vitellone». Una espressione che, a pensarci bene, corrisponde, quasi esattamente, anche se in chiave meno raffinata e mondana, all'inglese *playboy*. Giovanotto amante del piacere e della bella vita, immemore dei debiti, seduttore per hobby, disponibile alle avventure rischiose ma non alle fatiche produttive e alle comuni responsabilità civili. Un modello umano che il «socialista» Mussolini poteva utilizzare, ma non apprezzare. Anche perché il «vitellonismo» italiano, anzi, chiamiamolo senz'altro «pleiboismo», aveva il suo fautore, il suo campione più illustre e suggestivo, proprio in Gabriele D'Annunzio. Che lui, ogni tanto, abbracciava fraternamente, mentre, sotto sotto, l'aveva «*int' i cuaion*» (sui coglioni). Perché ne temeva la concorrenza, ne disapprovava la prodigalità disinvolta, da gran mantenuto, e, allo stringere, non lo stimava granché neppure come letterato. Troppo sofisticato, elaborato e ampolloso, per i suoi gusti.

Durante le adunate della «vigilia», Mussolini, guardandosi attorno, vedeva troppe caricature piccolo-borghesi di Andrea Sperelli, protagonista del *Piacere*, e di Paolo Tarsis, eroe di *Forse che sì forse che no*. I due «pleiboissimi» della narrativa nazionale. La cosa lo infastidiva. Per capire quanto, basta rifarsi a una conversazione che si protrasse per più di un'ora, a Palazzo Venezia, la mattina del 28 febbraio 1938.

Quella mattina, nonostante fosse sofferente allo stomaco, Mussolini arrivò a Palazzo Venezia, come d'abitudine, alle 8,30 precise. Trovò in evidenza, sulla scrivania del Mappamondo, un lungo telegramma di Stato, inviatogli dal prefetto di Brescia. Il funzionario gli annunciava che Gabriele D'Annunzio era morto. Stroncato da un collasso cardiaco. Nel cuore della notte. Mentre, seduto al suo tavolo di lavoro, nel silenzio di una lampada alabastrina, era intento a ripulire le ultime cartelle del suo *Libro Segreto*.

Il fondatore dell'impero, con la sua solita veemenza improvvisatrice, si avventò sui campanelli e sul telefono. Ordinò che il poeta abruzzese fosse onorato con la massima solennità. Annunciò alla prefettura di Brescia che avrebbe senz'altro presenziato ai funerali. Impartì precise disposizioni alla Propaganda e alla Cultura Popolare, affinché tutta la stampa nazionale si occupasse largamente e per molti giorni del «grande scomparso». Ciò fatto, passò agli impegni previsti dall'agenda. Cominciando col ricevere il giornalista Alfredo Signoretti, direttore del quotidiano «La Stampa» di Torino, convocato per chiarire una questione molto delicata. Relativa a certi atteggiamenti di Giovanni Agnelli, proprietario del giornale. Ma l'argomento chiave dell'incontro, nonostante la sua importanza, fu solo sfiorato. Dopo una decina di minuti, Mussolini portò il discorso sulla morte di D'Annunzio. E la conversazione (che, come ho detto, durò più di un'ora) acquistò tale importanza, che Signoretti, appena rientrato a Torino, si mise alla macchina per scrivere e, a ricordo fresco, ne ricostruì, quasi alla lettera, le battute più interessanti. Una quindicina d'anni più tardi, Signoretti, avendo saputo che mi stavo documentando sui rapporti realmente intercorsi fra Mussolini e D'Annunzio, mi fece avere una copia di quel testo. Talmente utile, per mettere a fuoco la natura del «pleiboismo» littorio, che ne trascrivo la parte più pertinente. Ecco qua.

MUSSOLINI: «Credete che la sua opera resterà al passar degli anni?».

SIGNORETTI: «Secondo me, nel senso più vitale, solo in minima parte. Dureranno, certamente, le liriche di *Alcyone*. Un paio di lavori teatrali. La *Figlia di Jorio* e *La fiaccola sotto il moggio*. Ma tutto il resto gli è già premorto. Penso che D'Annunzio resterà, soprattutto, nel costume nazionale».

M.: «Questo ci sarà utile, ma anche d'imbarazzo. Bisognerà lavorare in due sensi. Da una parte, tenerlo vivo come simbolo d'intraprendenza guerresca e patriottica. Dall'altra, cancellarne il morbidume, il barocchismo e anche l'ambiguità sessuale».

S.: «Non sarà facile...».

M.: «Lo so! Ma è necessario. Anche a prescindere dagli scritti, era un personaggio cospicuo. Affascinante, se vogliamo. Forse mi giudicherete impietoso, ma vi dico, francamente, che non riesco a perdonargli, neanche da morto, tutti quei giovinastri invasati, senza arte né parte, che mi ha scaricato sulle braccia dopo Fiume!».

S.: «Certo, a Fiume c'era molta zavorra. Ma bisogna riconoscere che anche la zavorra, in certi casi, ha la sua funzione. Ed è innegabile che D'Annunzio abbia alimentato lo spirito d'avventura e l'audacia in almeno due generazioni. Soprattutto in quella che vi ha seguito a Roma nell'ottobre del '22... Lo spirito dannunziano ha dato un grosso apporto alla rivoluzione!».

M.: «In questo senso, credo che sia stata più positiva l'influenza di Salgari. Come scrittore era quello che era. Ma i suoi eroi sono sempre schietti, puri, prima uomini e poi maschi. Mai contaminati dagli istinti animaleschi. Mentre l'eroismo dannunziano puzza sempre di sperma. Di cosce. Due belle cosce di donna possono avere un peso decisivo, nella vita di qualsiasi uomo. Ne sappiamo tutti qualcosa! E proprio per questo, bisogna dimenticarsele, al momento dell'azione. Sia politica che militare».

S.: «In linea di massima, sì! Ma qualche volta, tanto in politica che in guerra, l'intervento di una bella donna può essere positivo...».

M.: «Lo so! Il popolo, nel suo rude semplicismo, afferma che un pelo di... patacca tira più d'un paio di buoi. È sostanzialmente vero. Ma tira quasi sempre dalla parte sbagliata. La contessa di Castiglione ha certamente contribuito al successo di Cavour, nel '59, ammorbidendo la resistenza di Napoleone III. Soprattutto con la bocca. Ma è un'eccezione che non fa la regola! Tornando a D'Annunzio, ha sempre confuso l'eroismo con l'erotismo. La gioventù dannunziana, al rovescio di certe pere, era bella soltanto di fuori. Ma dentro era bacata!».

S.: «Però, duce, vi ha aiutato a salvare l'Italia dal bolscevismo!».

M.: «Sì! Ma dopo il salvataggio volevano fare come Beppe Bissi, il bagnino di Riccione!».

S.: «E cioè?».

M.: «Un giorno, Beppe salvò una ragazzina quindicenne che stava annegando. E dopo averla portata a terra, in premio del salvataggio, pretendeva di sverginarla. Così loro! Con la scusa di aver salvato l'Italia, se la volevano fottere. La mia fatica più grossa, caro Signoretti, non è stata salvare l'Italia! È stata salvarla dai salvatori! Ce l'ho fatta! Eliminando tutti quei figli di papà che avevano marciato su Roma convinti che li aspettasse la Roma del *Piacere*. Feste da ballo, champagne, principesse ninfomani, *garçonnières* dalla luce blu, cocaina... D'accordo. Mi avevano dato una mano a demolire il vecchio sistema. Ma se non me ne fossi liberato, dopo la marcia, non sarei riuscito a costruirne uno nuovo. Perlomeno non così alla svelta».

S.: «Tuttavia, duce, molti giovani che sono arrivati al fascismo da Fiume si sono dimostrati all'altezza della situazione. Hanno fatto la loro parte anche nella fase ricostruttiva, hanno raggiunto alti posti di responsabilità e oggi sono le colonne del regime».

M.: «Capisco benissimo di chi volete parlare. Ma vi assicuro che non è tutt'oro quel che luce! Se quei tali che voi definite colonne del regime sono quello che sono, debbono ringraziare soltanto la mia pazienza. Negli anni della vigilia, ho scoperto che in mezzo a un sacco di difetti avevano qualche buona qualità. Li ho aiutati a valorizzarle al massimo. Ecco tutto! Ma se li avessi abbandonati a se stessi, sarebbero venute a galla solo le magagne. E prima o poi, sarei stato costretto a cacciarli via. Per il buon nome del partito. Come ho dovuto fare con Spezzafumo e tanti altri».

Il documento passatomi da Signoretti (deceduto due anni or sono) parla chiaro. Se per Lenin l'estremismo era la «malattia infantile del comunismo», per Mussolini il «pleiboismo» (fortemente venato di teppismo) fu la malattia giovanile del littorio. Dopo il 28 ottobre '22, per dare un'apparenza di normalità a una situazione costituzionalmente anormale, il duce dovette procedere a una larga epurazione. Scaricando, a muso duro, molti «play-manganelli» e molti «ricino-boys» che gli avevano fatto comodo ai tempi delle spedizioni punitive, ma che ora, conquistato il potere, gli procuravano solo grosse grane e molto imbarazzo. Rievocando, in seguito, quella che lui chiamava «operazione De Bono» (l'anziano quadrumviro, messo a capo della polizia, aveva avuto una parte di primo piano nel repulisti), il dittatore citava spesso, a mo' d'esempio, Umberto Spezzafumo. Se gli era rimasto così impresso, doveva essere, certamente, un esemplare tipico di «play-squadrismo». Quindi, val la pena rifarne, brevemente, la storia.

SPEZZAFUMO UMBERTO. Nato a Bologna. Classe 1898. Figlio unico di un garagista. Nel 1915, essendo pluriripetente, frequentava ancora la terza «tecnica». Aveva 17 anni, mentre i suoi compagni di classe erano tutti sui 13-14. Era un bel ragazzo. Biondo. Di taglia atletica. Era un buon ginnasta e tirava di boxe. Richiamato alle armi l'insegnante di matematica, ne prese il posto, come supplente, la signorina Elisa B. Appena laureata, aveva 22 anni. Era una bruna, molto carina, formosa e romantica. Il giovane Spezzafumo, noto, in precedenza, per le continue assenze ingiustificate, diventò un modello di assiduità. Specialmente nelle ore di matematica. La bella professoressa trovava, spesso, mazzetti di fiori sulla cattedra. Chiedeva chi ce li aveva messi. Gli allievi lo sapevano, ma non fiatavano. Secondo gli ordini impartiti dal minaccioso «Umberton». Comunque, fra i fiori e il fare non c'era di mezzo il mare. Spezzafumo, in matematica, restava un somaro. Ma la professoressa, in compenso, restò incinta di Spezzafumo. Figlia di moralisti intransigenti, ricorse alle pratiche abortive di una certa Montanari. Costei le applicò malamente un catetere. Emorragia fluviale. Inarrestabile. Morte per dissanguamento. Denuncia. Arresto della levatrice. Spezzafumo, spaventato, «grattò» i pochi ori materni, si procurò una fede di nascita dalla quale risultava già diciottenne e si arruolò volontario in fanteria. Ferito quasi subito a una gamba, sul Col di Lana, trascorse un mese all'ospedale militare di Padova. Dove passò un guaio, essendo stato scoperto a letto con una suora. Se la cavò rinunciando alla licenza di convalescenza e tornando subito al fronte. Nel gennaio 1917, quando vennero istituiti i reparti d'assalto, «pugnal fra i denti, le bombe in mano», passò subito nel 3° battaglione arditi. E vi restò fino all'armistizio. Fu smobilitato nel dicembre '18, col grado di sottotenente, due «stanghette» sul braccio (una per ferita), una medaglia d'argento e tre di bronzo. Tornato a Bologna, si avventò subito sulle donne. Divenne l'amico di «madama» Olga, tenutaria di un elegante casino in via dell'Orso e, al tempo stesso, fece innamorare pazzamente di sé una signora, già sui 40, della buona borghesia felsinea. Annamaria Z. Fu una relazione ardente, tempestosa. Lei lo sovvenzionava. Lui la menava. Lei, parlandone con le amiche, lo chiamava «il mio angelo crudele». Lui descriveva agli amici tutto quello che lei gli faceva a letto e la chiamava «la troiazza». Un giorno scommise che sarebbe riuscito a farsela in una camera di casino. Scommessa vinta. La signora, dopo breve e patetica resistenza, lo seguì docilmente in via dell'Orso. Dove «madama» Olga, straziata dalla gelosia ma sottomessa, acconsentì ad ospitare la rivale. La quale, l'indomani, ingerì un flacone di Veronal e fu salvata, in extremis, mediante lavanda gastrica. Nell'aprile del '19, Spezzafumo aderì al fascio. Distinguendosi subito come spietato randellatore nella squadra capitanata da Arconovaldo Bonaccorsi. In settembre, indossata l'uniforme d'ardito, seguì D'Annunzio nella marcia di Ronchi. Scappò da Fiume, nottetempo, a bordo di un peschereccio, nel luglio del '20, perché aveva inguaiato una minorenne e i quattro vigorosi fratelli della medesima gli davano la caccia. Tornò a Bologna, al manganello e ai camion «18 BL», scatenati nelle spedizioni punitive. Il 28 ottobre del '22, entrò in Roma, dalla Porta del Popolo, in testa alla formazione guidata da Leandro Arpinati. Il quale, quindici giorni dopo, in seguito a un rapporto dei carabinieri, previo benestare del duce, lo espulse dal partito. Ma fu lo stesso Arpinati, tre anni dopo, a raccomandarlo a Mussolini. «Sta facendo la fame. Vive di espedienti. È un bagolone, un casinista, ma nei giorni della vigilia ha fatto la sua parte. Vorrebbe un posto...». «Lo conosco! È una piaga! Comunque, cosa sa fare?». «Veramente, non saprei...». «Chiediglielo e vedremo!». Arpinati glielo chiese. E tornando a rapporto dal duce, riferì: «Dice che s'intende di motori». «È un po' poco!». «Però, poveraccio, è proprio giù! Dieci giorni fa gli è morta la madre. L'unica che lo aiutava, di tanto in tanto. Era un'egiziana...». «Egiziana? Allora, forse, sa l'arabo!». «Non saprei, ma può darsi». «Informati!». Arpinati s'informò. «L'arabo? – fece Spezzafumo. – Quando ero bambino, la mia mammetta bonanima mi parlava solo in arabo! È la mia seconda lingua!». Messo al corrente della cosa, Mussolini lo fece senz'altro richiamare nell'esercito, col grado di tenente, e lo fece assegnare, in qualità d'interprete, ai reparti coloniali che, in quel 1925, agli ordini di Rodolfo Graziani, stavano battendo, in largo e in lungo, l'interno della Libia a caccia di ribelli. Spezzafumo fu aggregato alla colonna cammellata che operava fra Tazerbo e l'oasi di Cufra. Era lui che sottoponeva a stringente interrogatorio i nomadi incontrati cammin facendo. Quei malcapitati arabi ascoltavano, sgranando gli occhi, le sue secche domande. Alle quali rispondevano affannosamente, agitandosi, facendo gesti disperati. «Nessun dubbio! – diceva Spezzafumo, rivolto al colonnello comandante. – Sono spie!». E il colonnello li faceva impiccare. Solo quando fu catturato un vecchio pastore che conosceva bene l'italiano, risultò, fra lo stupore generale, che l'interprete non sapeva una sola parola d'arabo. Se l'era cavata, per un paio di mesi, imitandone vagamente i suoni, a capocchia. Fu spedito a Bengasi, dove Graziani aveva installato il suo quartier generale, e messo dentro in attesa di processo. Vi restò tre mesi. Ma poi il processo non vi fu. Perché arrivò, da Roma, l'ordine di chiudere il caso alla chetichella. Il prigionero, radiato dai quadri dell'esercito, tornò in circolazione. Dopo un breve soggiorno a Bologna, si trasferì a Milano. Dove, nel frattempo, «madama» Olga aveva rilevato un casino dalle parti della Vetra. Aveva solo 27 anni, ma ne dimostrava almeno dieci di più. Restò politicamente ibernato per una ventina d'anni. Poi ai primi del '44, rieccolo. In una fiammante uniforme da capitano delle «brigate nere». Aveva 47 anni, ma ne dimostrava dieci di meno. La sua, comunque, fu un'apparizione assai fugace. Nel maggio del '44, infatti, attaccò una relazione con l'amichetta di un maggiore della potente «Feldpolizei». Scoprendo d'essere cornuto, il tedesco lo fece rimuovere dal grado e deportare in Germania. Dove se ne persero le tracce.

La prima preoccupazione di Mussolini, subito dopo la marcia su Roma, fu levarsi dai piedi i «marciatori». Rispedendo a casa, con una manciata di scudi e molte belle promesse, tutti quei tipi alla Spezzafumo che avevano già cominciato a mettere in agitazione le notti romane. La mattina del 30 ottobre, a sole 48 ore dal «trionfale ingresso» nella capitale, tutti i muri della città apparvero letteralmente ricoperti da manifesti tricolori, sui quali si leggeva:

«Fascisti! Il Quadrumvirato Supremo d'Azione, rimettendo i suoi poteri alla Direzione del Partito, vi ringrazia per la magnifica prova di coraggio e di disciplina e vi saluta. Voi avete ben meritato delle fortune e dell'avvenire della Patria. Smobilitate con lo stesso ordine perfetto col quale vi siete raccolti per il grande cimento, destinato – lo crediamo – ad aprire una nuova epoca nella storia italiana. Tornate alle consuete opere, perché l'Italia ha – ora – bisogno di lavorare tranquillamente per attingere le sue maggiori fortune. Viva l'Italia! Viva il Fascismo! Firmato: il Quadrumvirato!».

Quella specie di benservito, così sbrigativo e perentorio, suscitò, negli interessati, un profondo senso di delusione e di malumore. Ma a parte alcune timide manifestazioni di protesta e qualche caso di aperta ribellione, con vie di fatto, stroncato dall'energico intervento della Benemerita, le squadre si lasciarono caricare, piuttosto docilmente, sulle tradotte in partenza dalle stazioni suburbane di Roma-Trastevere e Roma-Tuscolana. Così il 4 novembre, quarto anniversario della Vittoria, soltanto una rappresentanza della Legione Romana, composta esclusivamente di squadristi residenti nella capitale, si schierò davanti all'Altare della Patria, per onorare il Milite Ignoto. Tutti gli altri, obbedendo ai Quadrumviri, erano già tornati alle «consuete opere». Ossia, a bastonare e a purgare, rossi o papisti che fossero, i «biechi avversari» di Mussolini.

Restò a Roma, attorno al duce romagnolo, acquartierata, provvisoriamente, all'Hôtel Savoia, soltanto una ristretta *élite* di privilegiati. I 34 deputati fascisti, eletti alle politiche del '21. I *ras* provinciali, impazienti di occupare una poltrona ministeriale. I loro fidi sottocoda, in attesa di una sinecura lautamente retribuita. Nel gennaio del 1923, due mesi dopo la marcia, la «corte permanente» di Mussolini, fra figure di primo e di secondo piano, comprendeva appena 315 gerarchi. Quanti, cioè, ne contò il giornalista Pierre Borville, inviato speciale del «Figaro».

«È vero che circa 10.000 fascisti hanno partecipato alla marcia del 28 ottobre?», chiese Borville al duce, intervistandolo.

«Verissimo!».

«E come mai, allora, ve ne sono rimasti vicini così pochi?».

«Pochi ma buoni! È il mio motto».

Ma Mussolini, in cuor suo, giudicava ben diversamente il suo *entourage*. Nel giro di poche settimane, tutti i gerarchi che ne facevano parte, salvo rarissime eccezioni, avevano perso la grinta della «vigilia». Si erano ammosciati. Mondanizzati. Rivelandosi avidi di comodità. Di belle donne. Di passioni romanzesche. Di luce blu diffusa dall'abat-jour. Di canapè. Di separè. Di tetatè. Di «straziami ma di baci saziami». Di appuntamenti concessi in un bisbiglio ardente e di notti «indimenticabili».

Allontanando subito da Roma il «pleiboismo», bordelliero e rissaiolo, degli squadristi tipo Spezzafumo, il duce aveva creduto di assicurare al partito quella rispettabilità che gli era indispensabile per trasformarsi in «regime». Col pieno consenso dei buoni borghesi e dei benpensanti. Ma si era ingannato. Ora, infatti, il «pleiboismo», in rapido crescendo, dei gerarchi, vestiti a chiodo da Caraceni e irrorati di Jean Marie Farina, metteva davvero a repentaglio, ben più dell'altro, il buon nome del partito. Quei maledetti giornali d'opposizione erano lì, pronti, col fucile spianato. Per scatenarli, bastava che un gerarca un po' importante, folleggiando, s'impegolasse in una situazione scandalosa.

Nel gennaio del '23, quando Pierre Borville, dopo averlo intervistato, lo descrisse «*solide*, *concret*, *déterminant*, *bien conscient de sa romanité*», Mussolini, in realtà, era preoccupatissimo per lo scatenamento erotico-mondano della sua «corte». Un giorno, parlandone con Edmondo Rossoni, citò, a mo' d'esempio, il console generale Zancolla, allora vicecomandante della milizia.

«È incredibile! Finché indossa l'uniforme, ha l'aria di un guerriero. Ma appena si mette in borghese, diventa il Gastone di Petrolini. Senza l'intelligenza di Petrolini, naturalmente!».

Dopo qualche cameratesco «richiamo all'ordine», preso sottogamba, il duce cominciò a preparare la sua «notte di San Bartolomeo». Convinto che almeno una metà del suo stato maggiore andasse liquidata. E a scanso di contestazioni e di polemiche, istituì, nel massimo segreto (neppure i Quadrumviri vennero informati) una squadra, siglata «VI» (vigilanza interna), incaricata di documentare lo svaccamento dei «play-gerarchi». Per garantirsi che la squadra fosse «obiettiva in quanto del tutto estranea agli interessi del partito», Mussolini chiese in prestito al generale Ferrari, comandante dei carabinieri, dieci militi «possibilmente scelti, comunque di tutta fiducia e pratici di pedinamenti e appostamenti, all'occorrenza camuffati». A dirigere il delicatissimo servizio, il duce fece venire da Verona Piero Stoppato. Un fascista del '19, rimasto sempre in penombra, che durante la guerra aveva fatto parte del nostro controspionaggio. Verso la fine del 1945, lo Stoppato, ultrasettantenne, pubblicò, fuori commercio, un volumetto di memorie. Nel capitolo dedicato alla famosa «squadra VI», trascrisse qualcuno dei «rapporti» presentati al duce nel '23. «Chiari, espliciti, fatti solo di fatti», come li voleva lui. Scelgo i più indicativi e divertenti.

CAGNONI EVANDRO (console Milizia distaccato Ministero Guerra). Frequenta abitualmente, quasi sempre fino all'albeggiare, il lussuoso *tabarin* La Bomboniera. Mai in uniforme. Ama circondarsi di donnine allegre e giovani *viveurs*. È lui che paga per tutti. Nonostante il cavalier Marini (proprietario del locale) lo favorisca con forti sconti, i conti sono sempre rilevanti. La mattina del 4 aprile (ore 4,40) è accertato che il conto presentatogli ammontava a lire 280. Saldatolo con tre banconote da lire 100, lasciò il resto di lire 20 in mancia al cameriere Giuliani Modesto. Successivamente, il 9 aprile, ricorrendo il suo genetliaco, ordinò spumante francese per tutti i presenti in sala (bottiglie sette, marca «Pommery», spesa complessiva lire 490). La sera dopo, arrivò al locale, sulla mezzanotte, accompagnato dalla nota «fantasista» Mimì de Luxor (nome d'arte, regolarmente depositato alla PS, di Panicucci Erminia, da Segni) che già da alcuni mesi si esibisce al locale Salone Margherita. Mentre la signorina depositava alcuni indumenti al guardaroba, il Cagnoni disse, rivolto alla guardarobiera, Fioretti Silvana: «Guardala! Non è la donna più bella d'Italia? Se dici di no, ti bastono!», più tardi, verso le ore 2, il Cagnoni generò un certo imbarazzo nel proprietario cavalier Marini e nei presenti, bevendo spumante, a più riprese, in una scarpa di detta de Luxor (Panicucci). Gli accertamenti continuano secondo le disposizioni ricevute.

ROSSI CESARE (inteso «Cesarino» – capo ufficio stampa della Presidenza e del PNF). Pedinato e appostato, come da disposizioni ricevute, ore 24 su 24, dal 15 al 30 aprile. Conduce vita assai movimentata e brillante. Solo saltuariamente notturna. Frequenta assiduamente i rappresentanti più distinti della stampa romana. Invita molto, a colazione e a cena, nel ristorante Fagiano (categoria lusso). Il forte dispendio mensile per tali simposi risulta a carico dell'ufficio (fondi rappresentanza). Voci non controllate affermano che coi fondi medesimi, lo scorso febbraio, fu saldata fattura intestata alla rinomata Pellicceria Guattelli. Il Rossi, per ottenere tale saldo, avrebbe affermato che i due *renards argentés* fatturati (lire 1.350) erano stati da lui acquistati per farne «omaggio propiziatorio» alla consorte di un illustre articolista liberale, le cui critiche al Partito andavano «ammorbidite». Al contrario, secondo le voci succitate, il Rossi avrebbe fatto dono dei due *renards* alla famosa e avvenente cantante Gina Frine (per l'anagrafe Teresa Cappellano) attualmente scritturata al «varietà» Apollo di via Nazionale. Tale versione è in via di accertamento. Risulta, tuttavia, che la cantante sta vivamente a cuore al Rossi. Ciò si desume dal fatto che una sera del marzo scorso, il giornalista venne alle mani, nell'atrio dell'Apollo, col sergente maggiore dei bersaglieri Massara Bruno. La violenta reazione del Rossi fu provocata da un volgare lazzo del sottufficiale, il quale, osservando, assieme ad alcuni commilitoni, un manifesto raffigurante la cantante, ebbe a dire: «Macché Frine e Frine! Io la conosco bene perché è di Torino come me e siamo dello stesso quartiere. Si chiama Cappellano. Ano e cappella! È tutto un programma!». Seguì la colluttazione. Si assicura il proseguimento delle indagini fino a contrordine.

DUGINI WALTER (primo seniore della Milizia – Addetto alla segreteria personale dell'Eccellenza Giacomo Acerbo, Sottosegretario alla Presidenza). Data l'importanza e la delicatezza delle sue mansioni, le risultanze a suo carico acquistano particolare gravità. Giunto a Roma il 28 ottobre dello scorso anno, assieme al contingente lombardo, il Dugini si riunì subito alla nominata Gianbastiani Tecla, vedova facoltosa, titolare di un'impresa di spedizioni in Milano, giunta nella capitale il giorno 27. I due, conviventi *more uxorio* fin dal 1919, nell'appartamento della Gianbastiani (via Ampère, 38, Milano), occuparono una matrimoniale all'albergo Oriente, dove i conti venivano regolarmente saldati, con ostentata indipendenza finanziaria, dalla Gianbastiani. A conferma delle voci raccolte a Milano, secondo le quali la vedova, molto più anziana dell'amante, aveva sempre provveduto al di lui mantenimento. Passando da una scenata all'altra, la coppia restò all'Oriente fino al 18 novembre '22. Giorno nel quale la Gianbastiani, raccolti i suoi effetti, ripartì per Milano. Il personale dell'albergo ricorda specialmente l'acceso litigio scoppiato fra i due la sera del 17, vigilia della separazione. La cameriera Masetti Gemma riferisce che Dugini, a un certo punto, gridò: «Sei solo una vecchia vacca! Io coi tuoi soldi mi ci pulisco il c...». Avendo di rimando: «Vigliacco! Pappone! Se i fascisti sono tutti come te, povero Mussolini!». In precedenza, confidandosi con la succitata Masetti, la Gianbastiani aveva asserito varie volte di essere «stomacata» dal comportamento del Dugini. Il quale, a suo dire, dopo averle mangiato più di 200 mila lire, coglieva ogni minimo pretesto per maltrattarla. Nel corso di un alterco, il Dugini le aveva dichiarato, chiaro e tondo, di non poterla più sopportare, essendosi invaghito di un'altra, molto più giovane e piacente.

Infatti, una volta che fu partita la Gianbastiani, il Dugini cominciò subito a frequentare assiduamente l'attrice del cinema Maddalena Castello (in arte Lena D'Orly) da lui conosciuta nei primissimi giorni del suo soggiorno romano. Sul nascere della relazione, il Dugini, per apparire ben più danaroso del reale agli occhi dell'attrice, le inviò, giornalmente, costosi omaggi floreali, facendole anche dono di oggetti preziosi. Ricorrendo, per tale dispendio, allo strozzinaggio più esoso. Ma in un secondo tempo, assicuratosi l'attaccamento della Castello, il Dugini cessò d'essere splendido e cominciò ad attingere, sempre più spesso e per cifre via via più consistenti, nell'assegno mensile (lire 6.000) rimesso all'attrice dal Cavalier Luigi Niggiotta. Facoltosissimo e anziano (anni 72) esportatore di agrumi, residente a Camporeale (Palermo) che pur venendo a Roma assai di rado, provvede da tre anni al lusso della Castello. La quale, com'è acclarato, sta ritirando, alla scadenza, gli effetti rilasciati dal Dugini agli strozzini già mentovati. Mentre si assicura la raccolta di ulteriori informazioni, si torna a sottolineare che il comportamento del Dugini, dato il grado e l'ufficio, offre materia di scandalo alla stampa d'opposizione.

DUMINI AMERIGO. Nato a St. Louis (Stati Uniti). Classe 1894. Precedenti penali omessi. Nel maggio 1919 fu fra i fondatori del Fascio di Firenze. Nessun reddito personale. Attualmente alloggia all'albergo Dragoni, al Tritone. Si allontana da Roma per brevi assenze. Conduce vita brillante, ostentando larghezza di mezzi. Si accompagna, molto spesso, con elementi di provata fede fascista ma dediti all'espediente. Lo si vede, specialmente, assieme a tali Volpi Albino (residente a Milano) e Viola Giuseppe (*idem*). Solo, ma più spesso in comitiva, il Dumini frequenta quasi tutti i locali notturni della capitale (La Bomboniera, l'Orfeo, l'Apollo, le Follie, eccetera). Rientra in albergo quasi sempre all'albeggiare. È accolto come cliente di gran riguardo nelle migliori case di tolleranza (Grottino, Capolecase, Laurina, Fontanella del Popolo, eccetera). Non risulta che abbia una relazione femminile stabile. Pratica diverse donne, ricorrenti od occasionali. Più notate, fra le altre, Brondi Luciana e Brondi Mirella. Due sorelle, native di Ferrara, da tempo residenti a Roma, qualificate «pettinatrici». Risultano ambedue assuefatte all'uso della cocaina. Il Dumini non riveste, ufficialmente, nessun incarico nel Partito Fascista. Ma come l'Alto Destinatario del presente rapporto ben sa, gli sono affidate, in via riservatissima, mansioni «operative» estremamente delicate e della massima fiducia. Preoccupa, quindi, il fatto che il Dumini, sia nei locali notturni che nei postriboli, alluda, più o meno velatamente, alle suddette mansioni, lasciandone intravedere il genere e l'importanza. Ciò gli è addirittura abituale quando si trova in stato di sovreccitazione, per abuso di bevande alcoliche o d'«altro». Molte persone attestano di avergli sentito pronunciare frasi come le seguenti: «Io vado dal duce quando mi pare e passo prima dei ministri!», «A me Giunta, Finzi e De Bono mi fanno una s!...», «Chiamatemi eccellenza. Il duce mi ha nominato ministro della... soppressione!», «Se Mussolini lasciasse fare a me, in mezza giornata Montecitorio diventerebbe Montecimiterio!». È consigliabile invitare, energicamente, il Dumini ad osservare un linguaggio più riservato. Si propone, inoltre, sommessamente, di allontanare da Roma, con normale foglio di via o mediante privata persuasione, le sorelle Brondi Luciana e Brondi Mirella. La vigilanza, come disposto, continua.

Ai primi del '24, rapporti di Stoppato alla mano, Mussolini cominciò a rimandare nei ranghi quei gerarchi, rimasti alla mentalità squadristica, che ostacolavano la metamorfosi legalitaria e perbenistica del partito. Quella dell'ottobre '22, anti-Spezzafumo, era stata solo una sgrossata. Questa, un'epurazione vera e propria. Accelerata, a caro prezzo, dalla bufera estiva scatenata dal delitto Matteotti. In quel fosco ribollimento, dal quale il duce uscì zoppicante ma sempre in piedi, sparirono Cesare Rossi e i suoi amici «indigesti», il *killer* Dumini e i suoi scherani prezzolati.

Nel 1926, passata la buriana, imbavagliata l'opposizione, Mussolini nominò segretario del partito, al posto del «duro» Farinacci, il moderato Augusto Turati. Col preciso incarico di «deodorare» il fascismo:

«Puzziamo ancora di manganello, di menefreghismo, di casino. La borghesia ci annusa e diffida. Bisogna rassicurarla. Mettiti al lavoro. Ti do un anno di tempo!».

Turati non fece economia di deodorante e un anno gli bastò. Nell'autunno del '27, mentre donna Rachele allattava il neonato Romano, il partito era già lo specchio fedele dei ceti medi. Incorniciato di nodi sabaudi. Benedetto dal papa. Il regime littorio, rafforzato all'interno, indisturbato all'esterno, poteva finalmente concedersi, alla faccia dei benpensanti, certe rilassatezze mondane e certe evasioni dalla morale comune. E Mussolini, ormai intangibile e infallibile, non aveva più preoccupazioni, circa lo svaccamento dei suoi gerarchi. Molti dei quali, anche a livello di governo, erano autentici *playboys*, in orbace e stivaloni, ricalcati sui modelli della *play-life* aristocratica e industriale.

Siamo partiti dagli scalmanati «ricino-boys» dello squadrismo antemarcia. Eccoci, otto anni dopo, ai lustri «playras» dell'apoteosi littoria. Apriamo l'album del ventennio. Scegliamone alcuni. Assortiti. Guardiamo com'erano fatti. E come giocavano. Mentre gli italiani, usciti da una grande guerra, stavano per farne un'altra grandissima.

## MICHELE BIANCHI

Fu la grande sorpresa del regime. Calabrese, ex segretario comunale, ex socialista, ex sindacalista, ex quadrumviro, ex moralista, ex tutto d'un pezzo (Mussolini lo chiamava «la vestale del partito»), entrò, improvvisamente, nel novero dei *play*. Accadde una sera. Nel febbraio del 1925. Alcuni amici, a forza d'insistere, riuscirono a vincerne la ritrosia per i *tabarins*, le *boîtes* e i *cafés chantants* (che definiva: «schifezze borghesi») e lo trascinarono all'Apollo. L'allegra comitiva, in mezzo alla quale lui continuava a mostrarsi scocciato, occupò un palco di proscenio. Mettendo lui, maliziosamente, in prima fila. Si spensero le luci. Si accese la ribalta. Si aprì il sipario. Come tutte le sere, in apertura di spettacolo, apparve, applauditissima, Lydia Johnson. Russa autentica. Stella di prima grandezza nel firmamento del varietà. A gran richiesta dei suoi *fans*, attaccò cantando *Rusticanella*, del maestro Domenico Cortopassi: «Me ne vo fra campi e fior...». Alla fine, un'ovazione. E anche Bianchi, pur mantenendosi sulle sue, fu costretto a battere le mani. Non perché gli piacesse la Johnson. Ma in omaggio a Mussolini. Infatti, alcuni mesi prima, per ordine del duce, il maestro Blanc (quello di *Giovinezza*) aveva trasformato *Rusticanella* in *Passano le legioni*, marcia della Milizia. (In seguito, i goliardi del GUF utilizzarono lo stesso motivo per cantare: «E la fava di Noè / è lunga un metro / e trentatré...»).

Sul palcoscenico dell'Apollo, mentre la penombra s'inazzurrava di fumo, i «numeri» si susseguivano a ritmo serrato. Dopo la Johnson, Luciano Molinari, il «cesellatore della canzone», mandò in visibilio le signore interpretando *Come pioveva*! Quindi, con la sua grinta glabra, da bullo trasteverino, Alfredo Bambi interpretò *Er fattaccio*: «*Sor delegato mio non sò un bojaccia...*». Poi, tornò la Johnson...

Immobile, una mano appoggiata sul parapetto del palco, il busto eretto, Bianchi fissava, impassibile, il palcoscenico. Ma i suoi occhi, rimpiccioliti dalle spesse lenti da miope, rivelavano pensieri molto lontani dal varietà. Proprio in quei giorni, l'ex quadrumviro era diventato sottosegretario ai Lavori Pubblici. Tutte le mattine, alle 8,30 precise, con la puntualità di un impiegatuccio zelante, arrivava al Ministero di via Nomentana. E si tuffava subito nel lavoro. Preoccupato di tutto, diffidente di tutti. Quante grane! Specialmente alla Divisione Alluvioni e Terremoti. Era rimasto a bocca aperta, scoprendo migliaia di pratiche ancora inevase, relative al terremoto di Casamicciola, verificatosi in data 28 luglio 1883. Sei giorni dopo la sua nascita! Cose da pazzi!

«Come va?» gli sussurrò all'orecchio il conte Antamoro, regista cinematografico e brillante *viveur*.

«Non c'è male! – fece il gerarca, tornando alla realtà. – Ma si fa tardi! Domani ho un sacco d'impegni. Voi restate pure. Io me ne vado!».

«Aspetta un quardo d'ora! Stasera, nella seconda parte, debutta Anna Fougez! Sentiamo la prima canzone, poi leviamo l'ancora».

Fece di sì con la testa adocchiando il grosso cronometro d'oro (dono dei fascisti calabresi) che portava allacciato al polso sottile e nervoso. Non poteva certo immaginare che quel quarto d'ora in più, concesso ad Antamoro, avrebbe cambiato radicalmente la sua vita.

Si spensero nuovamente le luci. Si riaccese la ribalta. L'orchestra attaccò un motivo sommesso, vellutato, insinuante. E il sipario si aprì, pian piano, su una figura femminile, immobile, statuaria, inguainata in una toeletta di broccato cenere. E di un grigio leggermente più scuro erano le penne di struzzo che si aprivano, a raggera, sulle chiome corvine della cantante. La quale stringeva fra l'indice e l'anulare della destra un lunghissimo bocchino d'ambra, con sigaretta fumante, mentre una serpe d'oro si avvolgeva attorno alla nudità, lattea, del suo avambraccio sinistro. L'orchestra «pausò» di colpo. Colei che sui documenti si chiamava Emma Pappacena, ma sui manifesti Anna Fougez, esplorò la platea con gli occhi lucenti nelle orbite fortemente bistrate, quindi, con voce torbida, annunciò: *Vipera!*

Su quelle tre sillabe, come farfalla dal bozzolo, il *playlover* uscì, subito ardente, dal rigido burocrate del regime. Il conte Giulio Antamoro, testimone di quella improvvisa metamorfosi, raccontava anni dopo:

«Appena la Fougez aprì bocca, lui diventò un altro, Il suo sguardo, dietro le lenti, divenne vivace. Sfavillante d'interesse. Si protese in avanti, appoggiandosi al parapetto. Ascoltava la canzone con la bocca leggermente dischiusa sotto i baffetti nerissimi, in contrasto coi capelli brizzolati. Notai, per la prima volta, che somigliava a Charlot. Forse avvertì che lo stavo osservando e mi rivolse un sorriso timido e fugace. E quando la canzone finì, fra la stupefazione generale, oltre ad applaudire freneticamente, gridò "bis!". Con tanto impeto e una voce così squillante, che anche la Fougez ne fu colpita. Al punto che sollevò gli occhi verso il palco, abbozzò un sorriso e annuì alla richiesta del bis. Lo spettacolo finì poco prima dell'una. "Credevo che fosse molto più tardi!" fece Michelino, come lo chiamavano gli amici. Sembrava che avesse la febbre. Saltellava. Piroettava. Lui che sorrideva di rado, rideva in continuazione. Quando fummo nell'atrio, mentre gli altri ritiravano soprabiti e cappelli al guardaroba, mi tirò da una parte e mi disse: "Tu che sei nel cinema, conosci la Fougez?". "Sì! Piuttosto bene". "E allora, fammi un grosso favore". "Come no! Se posso...". "Invitala a cena!". "Va bene! E per quando?". "Per stasera!". "Come? Ora... subito?". "Ma sì!", "È un po' tardi...". "È solo l'una! Io me ne intendo poco, ma ci sarà pure un locale dove si può ancora cenare!". "Almeno dieci! Posso invitarla a tuo nome?". "Ma certo!". La Fougez accettò l'invito. Mezz'ora dopo tutta la comitiva faceva tavolata da Alfredo in via della Scrofa, famoso perché rivoltava le fettuccine con posate d'oro massiccio. Bianchi, che sedeva accanto alla cantante, volle rivoltargliele personalmente. "Ma come le rivolta bene, onorevole!" esclamò la Fougez, battendo le mani. "Prima di tutto, niente onorevole! – fece lui, tutto eccitato. – Io per lei sono soltanto Michelino, come per gli intimi. Quanto alle fettuccine, sarebbe bella che non le sapessi rivoltare, dopo che ho aiutato Mussolini a rivoltare l'Italia!". Era diventato anche spiritoso! E invece dei suoi 42 anni, ne dimostrava 32. Ci rendemmo tutti conto che quella sera, davanti ai nostri occhi, era cominciato un romanzo d'amore. Una passione di tipo ottocentesco».

Da quell'incontro, Bianchi, non fu più l'intransigente «vestale del partito». Cominciò a dimostrarsi tollerante coi funzionari del Ministero. Perse di vista i «sospesi» relativi al terremoto di Casamicciola. Scoprì la Lavanda Col di Nava e la manicure. Prese confidenza coi gioiellieri di via Condotti e coi fiorai attorno al Pantheon. Fu visto, con un binocolo al collo, al «peso» delle Capannelle, insieme ad «Anny». Per le cui acconciature, tramite l'ambasciata italiana del Cairo, fece venire dall'Egitto penne di struzzo di una lunghezza eccezionale. Prima del suo travolgente innamoramento a prima vista, s'era sempre vestito correttamente, per dignità di capo ufficio, ma non s'era mai sognato di apparire elegante. Ora, invece, si vestiva solo da Caraceni e da Di Lucia, come i Torlonia, i Borghese e i Colonna. Comprava i cappelli da

Radiconcini al Corso. Si faceva fare le camicie su misura dal *king of the shirt* Sonnino. Frequentò per alcuni mesi, fuori orario, perfino la scuola di danze moderne Pichetti, per imparare il tango «cascato», in quegli anni di gran moda. Mussolini, informato di tutto, era meravigliato ma non troppo. A questo proposito, Auro D'Alba raccontò che un giorno gli aveva detto: «Non me lo aspettavo, ma non ci trovo niente di straordinario. I tipi come Bianchi partono molto di rado. Ma se partono, partono in quarta! E non hanno la marcia indietro».

Michelino Bianchi fu il *play* di una donna sola. Ma nei cinque anni che durò la sua relazione con la Fougez, lo fu con tutto se stesso. Il «Becco Giallo» di Giannini, mettendone in dubbio le risorse amatorie, pubblicava vignette in cui la cantante se ne stava sul letto, insonnolita e delusa, mentre lui, seduto lì vicino, la guardava mestamente. E la didascalia, ogni volta, diceva più o meno: «Che succede Michelino? Non hai più banane?». Invece, a quanto pare, ce le aveva. E andava forte. Come, del resto, capita a tutti i malati di tbc. Specialmente verso sera, quando la temperatura sale di due o tre linee. E non era vero, come si diceva in giro, che la Fougez coltivasse quella relazione per interesse e per vanità. «Anny» contraccambiò veramente l'amore di Michelino. Nel febbraio del 1930, allorché ne seguì il funerale, cercando di non mettersi troppo in mostra, era affranta, come una vedova. E quando rincasò, guardò a lungo, tristemente, la grande fotografia del defunto, incorniciata d'argento, sul pianoforte. La dedica diceva: «Alla Vipera che per me non ha veleno, Michele».

## ETTORE MUTI

Nella notte fra il 23 e il 24 agosto 1943, un mese dopo la caduta del fascismo, una dozzina di carabinieri, comandati dal tenente Taddei, circondarono una villa biancheggiante fra i pini di Fregene. Il tenente, disposti i suoi uomini, suonò. Due minuti dopo, il proprietario della villa aprì la porta. Era un uomo alto, robusto, sui quaranta. Era spettinato ed assonnato. Aveva indosso un pigiama celeste ed era a piedi scalzi. «Lei è Ettore Muti?» chiese il tenente. «Sì! Sono io!». «Allora deve seguirmi!». «Ora? Dove? E perché?». «A Roma. In caserma. Per alcuni accertamenti». Muti lo guardò un momento, in silenzio. In quel momento, alle sue spalle, apparve una bella donna. Anche lei in pigiama. «Ector! – disse, con spiccato accento straniero. – Hai fastidi?». «No! – le rispose l'ex gerarca, voltandosi. – Accertamenti! Devo andare a Roma. Tu aspettami qua. Vedrai che domani, in giornata, sono di ritorno».

La donna si chiamava Dana Harlova. O, almeno, questo era il nome con cui figurava sui manifesti della compagnia di rivista diretta dal fantasista fiorentino Odoardo Spadaro. Che l'aveva scritturata come *soubrette*. Aveva soffici capelli castani, un bel collo, gambe lunghe e grandi occhi languidi. Restò nella villa fra i pini ad aspettare «Ector». Ma non lo rivide mai più. Perché Muti non fu portato a Roma. Fu ucciso, con un colpo di pistola alla nuca. Sulla strada che congiunge Fregene a Maccarese. E il motivo di quella esecuzione, frettolosa e clandestina, è ancora un mistero. Si sa soltanto che fra i carabinieri in uniforme c'era un tale in borghese. Taciturno ma autorevole.

L'Harlova, prima di diventare *soubrette*, era stata una ballerinetta di fila. E Muti aveva sempre avuto un debole per le ballerine. Fin da ragazzo. Anzi, da bambino cresciuto in fretta. *Playboy* di nome e di fatto, dunque. Nel 1920, quando, a 14 anni, piazzato un calamaio in fronte a un professore delle «tecniche», fuggì dalla natia Ravenna, per raggiungere D'Annunzio a Fiume, aveva già avuto un romanzetto ai margini dell'avanspettacolo. Molti anni dopo, nei momenti di buonumore, lo rievocava così: «Io dimostravo già 18 anni. E avevo voglia di patacca. Lei si chiamava Sally Tudor, ma era di Modena. Faceva la contorsionista. Anche in letto. Così, certe volte, dove avrebbe dovuto averci la bocca, ci trovavo il sedere. E dove, di regola, avrei dovuto trovarci il sedere, ci trovavo le tette. Così, non sapevo più dove metterglielo».

Anche a Fiume, dopo un po' ch'era lì, coccolato (anche troppo, secondo qualcuno) da D'Annunzio, attaccò con una piccola ballerina, che sgambettava, per 7 lire al giorno, in un caffè concerto improvvisato, per lo svago dei legionari, in un'ex lavanderia. La ragazza, sotto i venti, si chiamava Zita, era bionda naturale e aveva un'aria romantica.

«Mi piaceva perché somigliava a Mya May, un'attrice cinematografica americana ch'era il mio ideale. Ma la Zita non era romantica. Era solo denutrita, povera *tabacca* (ragazza, in dialetto romagnolo)! Soldi, per pagarle da mangiare al ristorante, non ne avevo. Però le portavo le pagnotte e le scatolette di carne che grattavo al magazzino viveri dei legionari. Una volta le ho portato una scatoletta avariata e lei, per poco, non è morta di diarrea. Mi chiamava Leoncino! Aveva una voglia pelosa su una chiappa. Lei diceva ch'era di caffè. Io, invece, le dicevo ch'era una voglia di pelliccia. Chissà dov'è andata a finire!».

A proposito delle scatolette fregate, D'Annunzio, secondo il suo stile, le eroicizzò, quando, parlando di «Gim dagli occhi verdi» (l'intraprendente Ettore, nel suo linguaggio immaginoso) disse: «Questo nostro giovane uscocco! Tanto pronto di lingua nel rintuzzare l'offesa del calunniatore contro la città assediata, quanto audace e generoso nel saccheggiare i pingui magazzini dell'Ottavo Corpo per rifornire la città affamata».

«Il comandante esagerava come sempre – commentava Muti. – Ma se la Zita, *poerazza!*, non era affamata proprio come una città, una fame per dieci ce l'aveva!».

Finita l'avventura fiumana, tornò a Ravenna. Suo padre, impiegatuccio comunale, gli trovò un impiego. Ma come non aveva avuto voglia di studiare, non aveva neppure voglia di lavorare. Preferiva, di gran lunga, passeggiare sui ciottoli dell'antica città, fare a braccio di ferro con gli amici, sui tavolini di marmo dei vecchi caffè. Riscaldare le ragazze infreddolite, facendosele in piedi, nel buio di un portone. Guidare come un demonio la Bugatti azzurra, otto cilindri, che gli prestava, ogni tanto, il corridore forlivese Gigion Arcangeli. Menare le mani appena se ne presentava l'occasione. Un mucchio di occasioni, quasi tutti i giorni, le offriva lo squadrismo. Ai primi del '21, più per sfogarsi a pestare che per convinzione politica, prese la tessera del fascio. Non aveva ancora compiuto 19 anni e partecipava alle spedizioni punitive come se fossero partite di caccia grossa. Era ancora uno «strongboy», destinato a diventare un *playboy*. Di marca tipicamente littoria. Divisa azzurra d'aviatore, soldi, potere, berretto di traverso, piacere del rischio (non a parole, come per tanti altri «camerati»), avventure di letto, invincibile trasporto per le marchettare...

*Mi domando perché mai*
*li vai a mettere nei guai*
*con le dame aristocratiche*
*rompiballe ed antipatiche*
*quando invece puoi venire*
*con soltanto 10 lire*
*senza il rischio di un duello*
*in un comodo bordello!*

Scrisse questi versi (aveva la mania delle poesiole scherzose) per un amico romano, che gli aveva chiesto di fargli da padrino, essendo stato sfidato a duello da un conte che lo aveva trovato a letto con la contessa. Era l'estate del 1936. La vertenza fu sistemata da un «giurì d'onore» e Muti partì per la Spagna. Dove Franco, ribellandosi al governo del Fronte Popolare, democraticamente eletto, aveva scatenato la guerra civile.

«Mi trovo meglio qua che in Abissinia – scrisse a casa. – Qua, almeno, devi fare i conti con la contraerea e coi piloti "rossi" che non sono mica da buttar via. In Abissinia, invece, quando mi toccava mitragliare quei poveracci che potevano solo mostrarci i pugni, mi facevo schifo. Era come sparare in un pollaio!».

In Spagna, a quel che sembra, incontrò Edith Ficherowa. Un'attrice di origine slava (diceva lei) che il nostro controspionaggio teneva d'occhio. Non fu la solita avventura «incontrarsi e dirsi addio». Tant'è vero che sette anni dopo, nel '43, quando Muti lasciò la segreteria del partito e andò in Portogallo come agente segreto (doveva raccogliere informazioni su un misterioso strumento chiamato radar) la Ficherowa lo raggiunse a Lisbona. E visse con lui, all'Hôtel Borges, diverse settimane.

Gli piacevano le bionde. Come Mya May, l'attrice ch'era stata il suo ideale femminile quando aveva 14 anni. La Ficherowa era bionda. Bionda Sonia Maktovich, la splendida slovena che gli fece girare la testa (e non solo quella) al principio degli anni Trenta. Bionda anche la moglie, Fernanda Mazzotti, figlia di un banchiere ravennate, sposata nel '25. (E arrivò in chiesa, tutto trafelato, venti minuti dopo l'ora fissata per la cerimonia, perché aveva passato la notte con Gisella T. Ninfomane di buona famiglia. Biondissima).

«Ci sapeva proprio fare con le donne?» chiedo a Sonia Maktovich, che oggi ha i suoi anni, ma è ancora affascinante e rievoca, sospirando, le «notti di sogno» passate con «Gim».

«Era meraviglioso! Faceva all'amore sempre come se fosse la prima e l'ultima volta. E a letto sapeva starci anche dopo. È così raro!».

«Si può dire, secondo te, ch'era un *playboy*?».

«Sì! Ma se lo facevano incazzare, niente *play*! Sberle!».

## ITALO BALBO

Il 29 giugno 1940, gli italiani vennero a sapere che Italo Balbo era «caduto nel cielo di Tobruk». Ne furono informati dal bollettino di guerra n. 19. Giacché Mussolini aveva annunciato l'inizio delle operazioni il giorno 10. Il bollettino specificava che il maresciallo dell'aria, da sei anni governatore della Libia, era stato abbattuto mentre rientrava alla base, di ritorno da un volo sulle linee nemiche. Era lecito, quindi, pensare che ad abbatterlo fosse stata la caccia inglese, che, avvistatolo, s'era scagliata all'inseguimento. Invece, nei giorni seguenti, risultò che l'«S 61» di Balbo era stato centrato, «per errore», dalle nostre batterie antiaeree, piazzate sull'incrociatore *San Giorgio*. A bordo dell'apparecchio, assieme al «trasvolatore», si trovavano alcuni suoi fedelissimi. Fra gli altri, il nipote Lino Balbo e il giornalista Nello Quilici.

Con ogni probabilità, si trattò effettivamente di un errore. Infatti, dopo la guerra, nell'imperversare delle rievocazioni, delle confessioni e dei memoriali venduti ai rotocalchi, nessuno dei militari che quel giorno si trovavano sul *San Giorgio* uscì fuori a dare una versione diversa. Ma in quel primo, caldissimo giugno di guerra, gli italiani, specialmente quelli più addentro alle cose del fascismo, fiutarono puzza di eliminazione. Per esempio, il critico teatrale del «Corriere», Renato Simoni, amicissimo di Balbo, allorché ne apprese la morte, esclamò d'istinto: «Lo sapevo! Ce l'hanno fatta! Me l'hanno ammazzato!».

D'altra parte certi sospetti erano giustificati. Si sapeva, infatti, che il duce aveva nominato Balbo governatore della Libia, nel '34, dopo le sue imprese transatlantiche, per levarselo dai piedi fingendo di premiarlo. Allarmato da una popolarità internazionale (specialmente fra gli italiani d'America) che minacciava di oscurare la sua. E i meglio informati non ignoravano neppure che il maresciallo-governatore era decisamente contrario all'entrata in guerra «a fianco dell'alleato germanico». La sera del fatale 10 giugno, in un salone della sua fastosa residenza tripolina, trovandosi fra amici, aveva dichiarato: «È il principio della fine! Mussolini ha perso la trebisonda. L'Italia verrà travolta dal crollo dei tedeschi!».

Balbo non era certo uno sprovveduto. Sapeva perfettamente che almeno due o tre degli «amici» fra i quali si trovava quella sera erano agenti dell'OVRA, ad alto livello, incaricati di riferire a Mussolini ogni sua parola. Uno, in particolare, che gli era stato sinceramente fedele per quasi vent'anni, a partire dalle feroci scorribande squadristiche nella bassa ferrarese, ma che nel '38 era passato fra gli «ovrini» di lusso, stipendiati per spiarlo. Balbo era talmente al corrente dell'attività svolta, alle sue spalle, dal personaggio in questione, che più di una volta aveva detto: «Poveraccio! Non è mica cattivo. Solo che gli ci vogliono almeno quattro o cinque grammi di coca al giorno, e le diecimila lire al mese che gli occorrono per comprarla, in qualche modo deve pure procurarsele!».

Ma nonostante la matematica sicurezza che le sue «gigionate disfattistiche» (il duce le definiva così) sarebbero arrivate, puntualmente, alle orecchie del dittatore, se ne fregava e rincarava la dose. Con crescente strafottenza. Non si faceva illusioni. Se il «carnevale mussoliniano» (parole sue) si stava avvicinando alla fine, sarebbe stata la fine anche per lui. Ma voleva, perlomeno, finire in bellezza. Da perfetto *playboy*.

Perché la sua vera natura, sotto la crosta del potere politico e della gloria aviatoria, era rimasta quella di un *playboy*. Passato, col trionfo del fascismo, dallo squallore velleitario della provincia ai fasti nazionali. E lo dimostra il fatto che quando, nella primavera del '40, la principessa A.d.F., sua «favorita» del momento, gli chiese: «Di' un po', Titì, qual è il personaggio dell'antica Roma che ammiri di più? Cesare?».

«No!» rispose.

«Marc'Aurelio?».

«Nemmeno!».

«Ho capito! Forse è Costantino. Perché nel '33, quando sei tornato dalla trasvolata, sei passato, in trionfo, sotto il suo arco».

«Me ne fotto di Costantino e del suo arco, amica mia! Se ci tieni proprio a saperlo, l'unico personaggio della romanità per il quale provo ammirazione e simpatia è Petronio Arbitro!».

E cos'era stato Petronio, se non uno splendido *playboy,* che aveva pagato con la morte il lusso di sfottere Nerone? Così come lui, ora, rischiava forse la vita, sfottendo Mussolini.

Balbo morì a 44 anni. Li aveva compiuti 22 giorni prima, il 6 giugno. Aveva fatto la grande guerra negli alpini e alla fine del '18, a 22 anni, era stato smobilitato col grado di capitano. A differenza di tanti altri reduci, aveva subito ripreso gli studi. Nel '20, a Firenze, si laureò in scienze politiche. Era laico, mazziniano, professava idee liberali ad oltranza. Con quel ciuffo ribelle sulla fronte e quel pizzetto aggressivo, aveva qualcosa di ottocentesco, di romantico. Tant'è vero che «madama» Saffo, proprietaria del miglior casino di Firenze, tutto specchi e velluti, lo chiamava «il mì bel Mameli». Ma lui, a dire il vero, dalla Saffo ci andava molto di rado (anche se la signora era disposta a fargli credito di qualche marchetta) perché era sempre a corto di lire. E forse fu proprio per la micragna, più che per un'improvvisa conversione politica, che accettò, nel 1921, l'offerta dei grossi terrieri padani, diventando segretario del fascio per Ferrara e provincia. Duemila lire, a quei tempi, erano lo stipendio di un generale.

Se le guadagnò. Capitanando, quasi ogni giorno, cialtronesche spedizioni contro le leghe contadine e le cooperative, rosse e bianche, nella pianura nebbiosa che si stende fra il Po e Ravenna. I «play-teppisti» ai suoi ordini si chiamavano Olao Gaggioli (detto «Sciagura»), Arturo Breviglieri, Lorenzo Gambi, Franco Gozzi, Umberto Pedriali... Il fior fiore dello squadrismo ferrarese, raccolto nel cosiddetto «Celibano». Un circolo riservato ai fascisti provatamente capaci di tutto, i cui iscritti avevano in tasca una tessera di pelle impressa a fuoco. Pelle di porco. Che, però, simboleggiava quella dei «porci sovversivi». Inutile dire che i «celibanisti», fra una spedizione e l'altra, tenevano le loro assemblee sociali nel distinto casino gestito da «madama» Marion. L'unica donna che avesse ricevuto, *ad honorem*, la famosa tessera di pelle.

Dopo la marcia su Roma, il quadrumviro Balbo, in continua ascesa, cominciò ad incontrare sempre meno e sempre meno volentieri gli scagnozzi che gli avevano dato man forte negli anni della «vigilia». Nel settembre del '29, quando festeggiò, da vero «playras», la sua nomina a ministro dell'aeronautica, riunendo a Forte dei Marmi circa duecento amici (belle amiche, soprattutto), per un movimentato fine settimana «a porte chiuse», non un solo esponente della vecchia guardia ferrarese fu della partita. E nel 1933, allorché, reduce dalla seconda trasvolata atlantica, incontrò, in un salotto romano, la giovane attrice che poi doveva diventare la sua amica, sentendo che parlava con lievissimo accento emiliano, le chiese, in tono palesemente allarmato:

«Dica un po'! Lei non sarà mica, per caso, di Ferrara o dei dintorni!».

«Ma no! Sono di Modena!».

«Meno male!».

La verità era che i fantasmi sanguinanti del periodo «pesta e brucia» (soprattutto quello del trucidato don Minzoni) gli davano fastidio. Ormai, si sentiva «uomo di lettere e d'armi», come lo aveva definito D'Annunzio quando, nel '30, mentre si preparava a guidare dodici idrovolanti al di là dell'Atlantico, aveva pubblicato un'elegante monografia sul volo di Astolfo nell'*Orlando furioso*. Si sentiva «le ali di un Icaro novo e l'intelletto di un novo Lorenzo» (sottinteso il Magnifico) secondo l'espressione usata dallo stesso D'Annunzio, nell'autunno del '33, dopo la seconda trasvolata. E forse era vero che, forte del prestigio acquistato in tutto il mondo, vagheggiava di desautorare Mussolini, prendendone il posto.

Il duce, comunque, fiutò il pericolo. E si sbarazzò dell'ambizioso Icaro mandandolo «a fare le sabbiature» (disse proprio così) in Libia. Il giorno della sua nomina a governatore, nel gennaio del '34, Balbo invitò a cena alcuni intimi. Fra i quali Leo Longanesi, lo scanzonato *enfant terrible* del regime, che gli era carissimo.

«Nel 1911, gli italiani cantavano *Tripoli sarà italiana* – fece, a un certo punto, Longanesi. – Ora dovrebbero cantare *Tripoli sarà balbiana*».

«Sì, caro amico! – ribatté il neo-governatore, fra lo scherzoso e l'amaro. – Però dimentichi che poi, quando Tripoli diventò italiana, se qualcuno spariva dalla circolazione, si diceva: è morto in Libia!».

Partiva, dunque, per il suo esilio dorato, con un triste presagio. Comunque, la carica di governatore aveva i suoi vantaggi. Se, da una parte lo relegava ai margini del partito e del potere centrale, dall'altra gli permetteva di vivere a modo suo. Al centro di una vera e propria «corte». In un'atmosfera fatta di menefreghismo mondano e di anticonformismo politico. I funzionari alle sue dipendenze e i suoi ospiti potevano stringersi, tranquillamente, la mano, in barba alle rigorose disposizioni impartite da Starace. Nel suo *entourage*, le storielle antifasciste non venivano bisbigliate, come in Italia, ma raccontate liberamente, senza il minimo ritegno. Come barzellette qualsiasi. Del resto, era proprio lui a dare la battuta. Una sera, nel 1938, durante uno dei suoi splendidi ricevimenti (fra gli invitati c'era il governatore della Tunisia!) disse:

«Nel 1911, i socialisti, contrari alla guerra italo-turca, definirono la Libia uno "scatolone di sabbia". Fra quei socialisti c'era anche Mussolini. Il quale mi ha mandato qui proprio per inscatolarmi. Ma ha sbagliato! Perché stando a Roma potevo rompergli, al massimo, le scatole. Mentre qua posso rompergli addirittura lo scatolone!».

Voleva dimostrare che D'Annunzio aveva visto giusto, paragonandolo a Lorenzo il Magnifico. Gli «intelligenti» che alimentavano la fronda del regime (Leo Longanesi in testa) consideravano la sua residenza come una specie di porto franco politico. Gli attori di prosa e di varietà, invitati a Tripoli per spettacoli d'eccezione, godevano di un'ospitalità principesca e avevano la sensazione di trovarsi all'estero. Il governatore non aveva, certo, la preoccupazione dei rendiconti amministrativi. Spendeva e spandeva, a piene mani. Sapeva che gli italiani lo avevano soprannominato «Sciupone l'Africano». E ci rideva su. «Meglio sciupone che crapone, come quello là!» diceva. Orientando il pizzo, come l'ago di una bussola, in direzione di Roma.

Un giorno, stava chiacchierando di artisti e letterati col giornalista Orio Vergani, di passaggio a Tripoli.

«Conosci Ungaretti?» gli chiese, a un certo punto.

«Benissimo!».

«Che tipo è?».

«Un simpatico gattone. Come poeta, poi...».

«Lo so! È molto importante. Ma dev'essere interessante anche come uomo. Capirai! Uno che intitola un libro *Allegria di naufragi*!».

Restò un momento silenzioso, quindi soggiunse:

«Anch'io mi preparo a naufragare allegramente!».

Era il maggio del '39. Il «Petronio del littorio» aveva ancora poco più d'un anno di vita. E, forse, il suo naufragio personale, nel cielo abbagliante di Tobruk, fu assai meno allegro di quanto avesse sperato. Ma gli evitò, perlomeno, la tragedia convulsa e insensata del naufragio collettivo nell'aprile del '45. Un vero *playboy* finire nella *death-fair* di piazzale Loreto? Giammai!

## MAX MUGNANI

Sopravvissuto al regime, sta viaggiando, tranquillamente, verso l'ottantina. Asciutto, vivace, sfottente.

Non «fiuta» più. Dopo aver «tirato su», senza farne mistero, per oltre mezzo secolo. Nel 1956, fu coinvolto, assieme a diversi *rejetons dorés* dell'aristocrazia romana, in un memorabile pasticciaccio di droga. Che tolse risalto giornalistico (con sollievo di molti) agli sviluppi del caso Montesi. Fu arrestato, carcerato e processato. Durante un'udienza, il presidente del tribunale gli chiese, a titolo puramente informativo, quando avesse cominciato a usare la «polvere». Lui ci pensò un momento su, mentre nettava il monocolo con una cocca del candido fazzoletto, quindi, indicando col pollice i carabinieri di servizio, disse:

«La prima volta me l'hanno data loro. Nel '17. Quando ero caimano del Piave!».

Agitazione in aula. Abbozzo di proteste, da parte dei carabinieri.

«Si spieghi!» fece il presidente, scampanellando.

«È presto detto! Noi caimani dovevamo attraversare il fiume, a nuoto, sotto il tiro incrociato dei tedeschi, per andare a sabotare le postazioni nemiche. Il coraggio ce l'avevamo. Ma certe volte non bastava. E andava aiutato col... pizzico!».

Mugnani è nato a Cento. Patria di Francesco Barbieri, detto il Guercino. Nobile cittadina, equidistante da Bologna, Ferrara e Modena. Tornato dalla guerra, dopo essere stato caimano del Piave, divenne uno dei più scatenati coccodrilli del Po. In senso squadristico. Accolto con entusiasmo fra i «manganellatori» (e peggio) guidati da Balbo e da Muti, non solo perché era un tipo di fegato, ma anche perché era sempre ben fornito di carte da mille e dispostissimo a spenderle in cameratesche «baracche». Tanto, suo padre, ricco commerciante di tessuti, aveva il portafoglio facile.

I suoi meriti, nelle «febbrili giornate della vigilia», furono, indubbiamente, notevoli. Se avesse voluto metterli a frutto, dopo la marcia su Roma, una sinecura ben foraggiata, nelle alte gerarchie del partito, non gliel'avrebbe tolta nessuno. Ma non era tipo da legarsi alla greppia, sacrificando a uno stipendio e a una poltrona la libertà delle narici. Così, dopo essere stato caimano del Piave e coccodrillo del Po, non divenne uno dei tanti alligatori, in orbace, sonnecchianti sulle rive del Tevere. Per lui, era già abbastanza pesante il grado di console «fuori quadro» della milizia, attribuitogli in riconoscimento delle sue benemerenze squadristiche.

Se i *playboys* del regime, specialmente negli anni Trenta, furono parecchi, Mugnani ne fu l'unico, leggendario *drug-boy*. Per raccontarne le gesta, le «boiate» (come le chiama lui), gli sbalorditivi colpi di testa, i tiri diabolici, che in qualche caso turbarono i sonni del duce, ci vorrebbe mezza Treccani. Dobbiamo accontentarci, perciò, di un rapido florilegio.

## *Accadde a Venezia*

Attorno al 1935. Il Festival del Cinema (fondato nel '32 da Volpi di Misurata) era in pieno svolgimento. Nobilitato dalla presenza della regina Guglielmina d'Olanda. Mugnani era nervoso ed agitato, in quanto a secco di «roba». Ma una sera, finalmente, uscì dalla malinconica penuria, procurandosi ben 50 grammi di «zero-zero» (made in Germany) da un bastimento greco di passaggio. Felicità. Esultanza. Mezz'ora dopo l'acquisto, tornato al Lido, qualche generoso «pizzico» l'aveva già messo su di giri. Reso altruista dall'euforia, secondo il suo solito, la vista della regina, che stava conversando con alcuni gerarchi in un salotto dell'Hôtel Excelsior, gli ispirò un gesto altamente cavalleresco. Infatti, recando bene in vista, a due mani, il tipico pacchetto blu della «polvere», si avvicinò alla sovrana, s'inchinò profondamente, quindi, porgendole il cartoccio, le disse:

«Guglielmona, reginona simpaticona dell'Olandona, fatti una fiutatona!».

## *Al confino*

In seguito al «colpo della regina», Mussolini lo mandò al confino in un paesino sperduto nel Tavoliere delle Puglie. Una cinquantina di case bianche e grigie. Un paio di osterie, la scuola elementare, la farmacia... Già! La farmacia! Una ventina di giorni dopo l'arrivo del «signor Max», il maresciallo dei carabinieri inoltrò, per via gerarchica, alla prefettura di Foggia, un rapporto riservatissimo. Per significare che il confinato in oggetto, entrato in intimità col locale farmacista, s'era procurata una forte quantità di cocaina e oltre a farne uso personalmente, aveva convinto a sperimentarne gli effetti il farmacista stesso, la maestra, le due giovani e distinte sorelle X.Y., figlie del più facoltoso proprietario terriero del luogo, il segretario politico del fascio, tenente Z. e, stando alle voci correnti, anche il giovane parroco don W. Dette persone si riunivano, quasi seralmente, nell'alloggio del confinato in oggetto, per partecipare a rumorosi festini fino a notte inoltrata. Per la tranquillità del paese, il maresciallo pregava che il «commendatore» fosse assegnato, ove possibile, ad altra località.

## *La prova del fuoco*

Durante il ventennio, Mugnani alloggiò, abitualmente, al secondo piano dell'Hôtel Excelsior, in via Veneto. Ma, in un certo periodo, abitò all'Hôtel Bernini, in piazza Barberini. Una notte, gli ospiti dell'albergo furono messi in agitazione da un principio d'incendio. I pompieri accorsero subito alla chiamata. E restarono di sasso. Vedendo, in piedi nella fontana del Tritone, un signore di mezza età, completamente nudo ma con un lucente monocolo incastrato nell'orbita destra, il quale agitava in alto, giubilante, un mazzo di «cartine», gridando: «Puoi bruciare quanto ti pare, albergo di merda, tanto queste non le becchi!».

## *La «caccia al tesoro»*

Nell'inverno del 1941, mentre le operazioni sul fronte greco andavano di male in peggio, Mussolini rincuorò gli italiani, annunciando che stava per arrivare «il bello». Alludeva, naturalmente, alla riscossa primaverile. Ma proprio in quei giorni, per combinazione, arrivò a Roma, col suo seguito, il bruttissimo Matsuoka, presidente giapponese del Manciukuò. «*Ammappalo!* – dissero i romani. – *E questo fregno sarebbe er bello che ci ha imprumesso er duce?*».

Comunque, Matsuoka e i suoi accompagnatori vennero sistemati in una decina di camere all'Hôtel Excelsior. Proprio al secondo piano. Dove aveva il suo appartamento Max Mugnani. Il quale, quasi ogni notte, convocava la sua *drug-company* (della quale facevano parte Maria Anfuso, Luisa Ferida, Osvaldo Valenti e qualche altro) per quella che lui chiamava «caccia al tesoro». Passatempo eccitantissimo, che consisteva nell'esplorare, a piedi scalzi, i corridoi dell'hôtel, dalle due in poi, alla ricerca di qualcuno da rapire nel sonno, per portarlo, di peso, nell'alloggio di Max e sottoporlo a drogaggio forzato ed intensivo.

Quella notte, Mugnani, ch'era spalleggiato da Valenti, si fermò, quasi subito, davanti alla camera 227. Attratto da due minuscole scarpe di vernice, con ghetta fissa, alla «diplomatica», lasciate lì fuori per la pulitura.

«Osvaldino! – soffiò Max. – Ma guarda mò che belle scarpettine! Chissà che tesoruccio!».

La porta, a facilitare l'impresa, non era chiusa a chiave. Entrarono, trattenendo il respiro. Intravidero, sul letto, in penombra, una forma leggera, quasi infantile. Dalla quale esalava un flebile ronfio. Le balzarono addosso, l'avvolsero nella coperta, se la misero sulle spalle e a passi silenziosi e rapidissimi la portarono nel «drogatoio». Dove gli altri, dame e cavalieri, alla vista della preda, si abbandonarono a gridolini di gioia.

Aperto l'involucro, apparve un omino d'età indefinibile giallo come un libro poliziesco, le palpebre gonfie sugli occhi a mandorla, due radi baffetti spioventi ai lati della bocca socchiusa. Balbettava un po' d'italiano.

«Prego!... Io non capire! ... Prego!... Voi spiegare a me... Prego!... Io volere dormire!... Domani io molto, molto lavorare!... Prego!...».

Inutile pregare! Ormai, attorno a lui, s'era messo in azione lo «streppatoio».

«Ma come è giallo! – gorgheggiò Maria Anfuso. – Sembra un risottino alla milanese!».

«Proprio! – soggiunse, tutta giuliva, la Ferida. – E sul risottino bisogna metterci tanto formaggino!».

Così dicendo, l'attrice cominciò ad aprire, con cura, una cartina piena di coca...

Il «tesoro» fu riportato in camera sua verso le cinque. E alle otto, Matsuoka si rese conto, contrariatissimo, che non poteva incontrare Mussolini alle dieci, come stabilito, perché il suo segretario particolare e interprete di fiducia, Kusjaka, straparlava, canterellava, sghignazzava e si manipolava furiosamente il cazzetto, in preda a una specie d'improvviso e misterioso delirio.

Mussolini, avvertito telefonicamente, sbuffò, si accigliò e spostò l'incontro alle 7 di sera. Ma subito dopo si mise in comunicazione con Arturo Bocchini, capo della polizia:

«Cos'è questa storia del giapponese che batte balengo? Non ci vedo chiaro! Indagate!».

Bocchini indagò e non ci mise molto ad accertare com'erano andate le cose al secondo piano dell'Excelsior. La sera stessa, verso le 21, appena Matsuoka e l'imbambolato Kusjaka lasciarono Palazzo Venezia, con una lunga serie d'inchini profondissimi, il duce ricevette, dalle mani di Bocchini, il rapporto relativo.

«Cosa consigliate? – chiese, brusco, dopo averlo letto. – Li mandiamo tutti a Lipari o alle Tremiti, Mugnani in testa?».

«Secondo me, è meglio lasciar correre! – rispose l'accorto Fouché del regime. – È gente troppo in vista e il momento è delicato. Senza contare che le reazioni degli orientali sono sempre imprevedibili!».

Sagge parole. Infatti, due mesi dopo, Mugnani fu cortesemente invitato a presentarsi all'ambasciata del Manciukuò. Dove apprese che Matsuoka, su proposta di Kusjaka, lo aveva insignito di un'altissima onorificenza. Nella motivazione, il *drug-boy* di Cento era definito: «... impareggiabile organizzatore di trattenimenti notturni in tutto degni di Roma antica...».

## *I tori del duca*

Nell'inverno del 1944, Mugnani era a Milano. Abitava al terzo piano in via Dante e usciva molto di rado. Contrariamente alle sue abitudini di nottambulo inveterato, non metteva mai piede fuori di casa dopo le dieci di sera. Cercava, in sostanza, di non dare nell'occhio. Temeva che i gerarchi repubblichini, venendo a sapere ch'era al Nord, gli offrissero qualche carica compromettente. Riuscì a scapolarsela per un paio di mesi. Ma ai primi di marzo, mentre si preparava a partire per Roma, fu pescato, abbracciato, festeggiato e nominato, su due piedi, «capo della provincia» di Novara. Fece buon viso a cattivo gioco. Prese possesso dell'ufficio ed emanò la sua prima ordinanza. In forza della quale, i farmacisti del novarese erano obbligati a consegnare alla prefettura, entro quarantott'ore, tutti gli stupefacenti in loro possesso. Il «raccolto», due giorni dopo, nonostante le molte inadempienze, risultò abbastanza soddisfacente. Dopo averne scremato la «neve», Mugnani considerò esaurito il suo compito di «capo provincia». Requisì una macchina molto veloce, fece il pieno e si fermò solo a Bologna. Qui, avendo appreso dalla radio che i repubblichini stavano già dandogli la caccia, si nascose, una decina di giorni, in una tenuta di mezza montagna, appartenente al duca Giovagnoli. Secondo, dopo di lui, nella classifica nazionale delle «narici» di «serie A». In quella tenuta vi era una monta taurina, famosa in tutta l'Emilia, che per molti anni aveva costituito il maggior reddito agrario di Giovagnoli. Ma, purtroppo, un battaglione di SS, transitando da quelle parti, aveva requisito i tre tori più giovani e vigorosi dello stabilimento. I due rimasti, vecchi e pieni di acciacchi, riuscivano a coprire, sì e no, un paio di vacche al giorno. E la monta, purtroppo, era in crescente passivo. Per disobbligarsi col vecchio amico, che ospitandolo si esponeva alle rappresaglie delle «brigate nere», Mugnani decise di sacrificare buona parte della «roba» rastrellata a Novara, per ravvivare sessualmente i due malinconici tori. E una mattina li costrinse a fiutare quindici grammi per ciascuno. Dopo un po', sembrarono ringiovaniti. Ritrovarono il muggito possente, vibrante, metallico, degli anni migliori. Scornarono, soffiarono, scalpitarono. Poi, all'arrivo delle vacche, fra la sorpresa generale, se ne fecero subito sei per uno, con la «risemina» (la doppia senza toglierlo). Quindi, dopo alcuni secondi d'improvvisa, statuaria immobilità, crollarono tutt'e due giù. Di schianto. Quasi nel medesimo istante. Fulminati da un collasso cardiaco. Mugnani, inseguito da Giovagnoli armato di doppietta, riuscì a saltare in macchina e a partire per Roma.

### «*Grazie, my colonel*»

Il 5 giugno '44 i tedeschi si decisero ad abbandonare la capitale. Mugnani li salutò con un *lebe wohl!*, poi si voltò dall'altra parte, per accogliere con un cordiale *welcome!* gli alleati in arrivo da Velletri. Fece subito nuove amicizie. Simpatizzando, specialmente, con un *chemist colonel* (colonnello farmacista) responsabile di tutti i medicinali in dotazione alla Quinta Armata. Un giorno, mentre chiacchieravano in un caffè di via Veneto, il colonnello disse:

«Io *very worry*! Capire? Io essere molto preoccupato!».

«*Really?* E come mai?».

«Io non avere *official expert in drugs*. Capire? In droghe!».

«In droghe! E lo dici a me? Guarda che stai scherzando col fuoco! Col *fire*! Dai un po' un'occhiata a questa!».

E gli mise in mano la tessera rilasciata dalla questura ai «tossicomani abituali». L'ufficiale equivocò. Credette che «tossicomane» significasse *toxicologist*. Tossicologo. S'illuminò di gioia. E l'indomani, per quanto borghese, Mugnani, con *exceptional provision* firmata dal generale Lee, ebbe in consegna tutte le droghe della Quinta Armata. Ora, il *chemist colonel* poteva, finalmente, dormire fra due guanciali.

# Impero e ginnastica

Si scrisse, allora, e spesso si riscrive, che nel luglio del 1948, quando il siciliano Pallante sparò a Togliatti, sarebbe successo il finimondo se Gino Bartali, vincendo il Tour de France, non avesse «dirottato» verso l'entusiasmo sportivo il furore politico delle masse comuniste. Specialmente in Toscana, dove i «rossi», mettendo il pedale al di sopra delle ideologie, hanno sempre perdonato al conterraneo Bartali di essere un «baciapile». Al punto che proprio nel Tour del '48, passando davanti a Lourdes, rischiò di perdere terreno pur di recitare un paio di *Ave Maria* inginocchiato piamente sull'asfalto. Così che, tempo dopo, Pio XII, parlando a centomila giovani cattolici ammassati in piazza San Pietro, lo citò come esempio di *mens sana in corpore sano*.

La storia dell'attentato messo in sottordine dalla vittoria bartaliana è certamente più vicina alla *boutade*, alla trovata giornalistica, che alla realtà. Ma già che c'era, chi la tirò fuori, poteva avvalorarla con un caso analogo, capitato nel 1924, allorché i successi degli atleti azzurri, alle Olimpiadi di Parigi, alleggerirono l'atmosfera greve e minacciosa che si era creata attorno a Mussolini e ai suoi accoliti in seguito al delitto Matteotti. Il corpo martoriato del deputato socialista fu scoperto dai carabinieri, fra i cespugli della Quartarella, il 16 agosto. Il 26, nell'ampliato stadio di Colombes, fu accesa la tradizionale fiamma olimpica. Seguì la non meno tradizionale sfilata delle rappresentanze nazionali. E al passaggio degli italiani, tricolore in testa, non mancarono i fischi. Particolarmente fitti e prolungati nei settori più popolari dello stadio. Così che gli azzurri, mogi ed incolpevoli, pagarono lo scotto «*de ce sale affaire Matteotti*».

In quel momento, quasi barricato nel suo «pensatoio», al primo piano di Palazzo Chigi (Palazzo Venezia venne dopo), Mussolini non sapeva che pesci pigliare. A due anni scarsi dalla presa di potere, l'«Italia di Vittorio Veneto», indignata da quel fosco delitto, gli stava già sfuggendo di mano. Il re, nano di statura ma gigante dell'opportunismo, se ne stava alla finestra, fiutando il vento. Molti benpensanti, che avevano aderito al fascismo in nome del solito fantomatico «ordine», si toglievano dall'occhiello la «cimice», in precedenza esibita con orgoglio, e stracciavano la tessera. Mentre, in provincia, gli sfaticati e i teppisti che avevano ben meritato, nelle «roventi giornate della vigilia», distribuendo manganellate e olio di ricino, digrignavano i denti alla prospettiva di perdere lo stipendio che si erano, finalmente, assicurati, pur ignorando l'ufficio e passando le giornate, come per il passato, nei casini di lusso. Allarmati dal comportamento amletico del duce, quegli «antemarcia», decisi a difendere la facile greppia, minacciavano di rimarciare su Roma. Ma stavolta per desautorare il «capo» tentennante e sostituirlo con un «camerata» più duro e intransigente. Farinacci? Forse. Balbo? Anche. Il marchese Perrone-Compagni, capo delle squadracce fiorentine? E perché no?

Sul finire di quel caldissimo agosto, mentre a Parigi gli azzurri, nonostante il magone, stavano facendo del loro meglio, il giovane regime littorio era in piena crisi. Ma Mussolini, per quanto pallido e taciturno, quasi in quarantena, non perdeva d'occhio la situazione, tutto teso alla ricerca d'una via d'uscita o, perlomeno, d'un momento di respiro. Ogni appiglio, in quei frangenti, poteva essere prezioso. E «l'uomo della provvidenza» capì che le Olimpiadi potevano distrarre molti italiani, specialmente fra i giovani e nella classe lavoratrice, dal nocciolo (scottante) della questione nazionale. Diciamo la verità! Il duce conosceva poco o niente i filosofi greci, tanto che in una «dotta citazione», a Montecitorio, confuse Anassagora con Protagora. Ma, in compenso, conosceva bene i suoi italici polli. E il suo fiutaccio giornalistico era fuori discussione.

Per lui, del resto, lo sport aveva sempre avuto il carattere di un diversivo. Utile per distogliere le masse dai problemi incombenti. Sociali ed ideologici. E lo aveva dimostrato, sia pure in sordina, quando, nel 1912, dieci anni prima della «marcia», aveva assunto la direzione dell'«Avanti!». Uno dei suoi primi provvedimenti, fra la perplessità dei redattori, fu quello di concedere, quasi ogni giorno, una buona mezza pagina alla cronaca sportiva che, a quell'epoca, era quasi completamente trascurata dagli altri quotidiani politici. E soprattutto dai cosiddetti «organi di partito». Quella novità aveva quindi scandalizzato molti vecchi compagni, rimasti ai cappelli a larghe falde e alle cravattone a fiocco, tipo Andrea Costa. Socialisti tutti d'un pezzo, per i quali lo sport non aveva più importanza delle gare paesane, organizzate in occasione del 1° maggio e, purtroppo!, anche per la ricorrenza del santo patrono. Tiro alla fune, corsa nei sacchi, braccio di ferro, lancio della formaggetta, albero della cuccagna e via dicendo.

Cosicché, una mattina, facendosi interprete di quel malcontento, il «massimalista» Giacinto Menotti Serrati (futuro direttore dell'«Avanti!», all'espulsione di Mussolini) si presentò allo «spiritato di Predappio», come lo aveva definito Filippo Turati, e gli disse:

«Ma che stai combinando? Se vai avanti di questo passo, il nostro giornale diventa la "Gazzetta dello Sport"!».

«Magari! – gli rispose Mussolini, arricciando il labbro. – La "Gazzetta" tira seimila copie più di noi. E quando c'è il Giro d'Italia, quattordicimila!».

«Questo è cinismo bell'e buono!» sbottò Serrati.

«No! È soltanto giornalismo. Del quale tu, evidentemente, non capisci niente. Come le cariatidi del partito che ti hanno mandato qua. Altrimenti, avreste già capito che ho allargato allo sport solo per interessare i compagni giovani e attirare nuovi lettori. Che, magari, se ne strafottono del socialismo e comprano il nostro giornale soltanto perché ci sono più notizie sportive che negli altri. Ma, intanto, si avvicinano all'idea socialista. Dopo tutto, caro mio, dalla cronaca sportiva all'articolo di fondo non ci sono che due pagine!».

Dal punto di vista giornalistico, il ragionamento funzionava. Anche per il rigido Serrati, che andò via abbastanza convinto. Ma Mussolini, in realtà, gli aveva gettato la solita polvere negli occhi perché il suo vero obiettivo non era reclutare nuovi socialisti con la calamita dello sport, ma diluire, un po' alla volta, il socialismo ortodosso dell'«Avanti!» fino a trasformarlo in quel «mussolinismo» che già da alcuni anni vagheggiava di contrapporre al marxismo. Con l'«Avanti!» non ce la fece perché l'espulsione dal partito, nel novembre del '14, glielo tolse di mano. Ma si rifece subito col «Popolo d'Italia» nel quale, fin dal primo numero, il notiziario sportivo, affidato a Bruno Roghi (soprannominato il «Mameli del muscolo»), ebbe subito gran risalto. E stavolta proprio per incrementare la diffusione del nuovo quotidiano sottraendo all'«Avanti!» quei giovani lettori, ideologicamente ancora duttili, che cominciavano a smaniare, in rapido crescendo, per l'atletismo nazionale e in modo speciale per il calcio che allora, nei resoconti del lunedì, si chiamava ancora *foot-ball.* Nel maggio del 1915, quando il Piave, calmo e placido, salutò con un mormorio il passaggio dei primi fanti avviati alle trincee, molti giovani socialisti, marciando col fucile «91» sulle spalle, ricordavano più i gol di Civinini, centravanti del Milan e della nazionale, che le alate parole di Filippo Turati o Claudio Treves.

Tornando alle Olimpiadi, per così dire, «matteottiane» del 1924, Mussolini, manovrando piuttosto alla chetichella, cercò di sfruttarle al massimo. Incitando, telefonicamente, i direttori dei quotidiani e perfino dei settimanali più saldamente legati al fascismo, a «sparare» titoli sempre più massicci e vistosi sui resoconti che gli inviati speciali telefonavano, seralmente, da Parigi. Ed è inutile dire che il duce, in quel gioco di bussolotti, puntò, soprattutto, sul «Popolo d'Italia». Il «suo» giornale, diretto dal mite fratello Arnaldo.

Me ne parlò molti anni dopo, ossia nel 1952, Vito Mussolini, figlio di Arnaldo e ultimo direttore del «Popolo d'Italia». Durante una lunga chiacchierata serale, in un angolo della famosa trattoria Bagutta. Nel vecchio cuore di Milano. Vito, scampato fortunosamente alla bufera dell'aprile '45, si abbandonava a quelle interessanti rievocazioni, quasi sottovoce, fissando il vuoto, con malinconico distacco.

«Non sta certamente a me – mi disse, fra l'altro – calcare la mano su certi aspetti negativi o, perlomeno, discutibili dello zio Benito. Ma debbo dire che, in certi casi, il suo autoritarismo diventava soffocante, quasi ossessivo. Specialmente con mio padre, che non aveva mai saputo dirgli di no, neppure da ragazzi. Per esempio, nel settembre del '24, quando la barca fascista sembrava sul punto di naufragare, cominciò a tempestarlo di telefonate. Cinque, sei, perfino dieci al giorno per raccomandargli di dare sempre più spazio alle Olimpiadi, esaltando, fino all'apoteosi, le gesta dei nostri atleti. "Eroicizzarli! – ripeteva. – In questo momento, per noi, sono una valvola di sicurezza!”. E mio padre cercava di accontentarlo, compatibilmente con le esigenze redazionali del giornale. Finché un giorno si riseppe che Levratto, ala sinistra della nostra nazionale di calcio, giocando contro il Lussemburgo, aveva tirato in porta talmente forte, che non solo aveva fatto gol, ma aveva addirittura sfondato la rete. “Passalo in prima pagina, di spalla, su quattro colonne! – telefonò Benito, entusiasta. – Ti do anche il titolo: LEVRATTO ENTRA FASCISTICAMENTE... SFONDANDO!”. Mio padre, stavolta, si fece coraggio e gli obiettò che la faccenda delle Olimpiadi, spinta al di là di un certo limite, rischiava di diventare controproducente. E che, oltretutto, la storia di Levratto era soltanto una voce, arrivata chissà come in Italia. A scanso di topiche, conveniva aspettare la conferma. “Niente lana caprina! – lo interruppe Benito, seccamente. – Dacci dentro!”. Ma mio padre, una volta tanto, resistette. E fu una fortuna. Perché due ore dopo, telefonando da Parigi, l’inviato speciale ridimensionò l’impresa di Levratto. Niente gol e niente rete sfondata. La sua pallonata, realmente violentissima, aveva soltanto stordito il portiere del Lussemburgo, acciaccandogli il naso. Il gol, invece, lo aveva segnato, più d’astuzia che di forza, la mezz’ala Baloncieri. Benito, deluso, se la prese con Levratto. “È un pallone gonfiato! – telefonò. – D’ora in poi, minimizzatelo!”».

Così mi raccontò, quella sera, Vito Mussolini. E bisogna dire che lo «zio Benito», anche in quell’occasione, ebbe la fortuna dalla sua. Se le Olimpiadi fossero andate male, anziché giovare alla causa del fascismo pericolante, ne avrebbero peggiorato la situazione. Invece gli azzurri, pur non facendo cose strepitose, se la cavarono con onore. Portando a casa otto medaglie d'oro, tre d'argento e cinque di bronzo. Non solo. Sul finire dei Giochi, si verificò un incidente piuttosto clamoroso che, con soddisfazione di Mussolini, contribuì ulteriormente a distogliere l'attenzione degli italiani dalla crisi politica.

Una delle otto medaglie d'oro conquistate dalla nostra rappresentanza toccò agli schermitori, nella specialità «sciabola a squadre». Fu determinante, proprio in chiusura di torneo, la netta vittoria riportata da Puliti. Uno dei giudici di gara, un ungherese, commentandone il successo, disse ch'era bravo, indubbiamente, ma che da come dimenava il sedere, sciabolando, aveva tutta l'aria d'essere un finocchio. Puliti lo venne a risapere e se la legò al dito. Cosicché, due sere dopo, incontrando casualmente l'ungherese nell'atrio delle Folies Bergères (dove stava furoreggiando, col suo gonnellino di banane, la diciottenne Joséphine Baker) gli allentò due formidabili ceffoni, sfidandolo a duello. Subito, la nostra stampa (soprattutto quella d'ispirazione mussoliniana) si gettò sull'episodio, montandolo e gonfiandolo, fino a coprire d'insulti tutti gli ungheresi, in blocco. Il «Popolo d'Italia» pubblicò, in prima pagina, un corsivo, anonimo ma dallo stile inconfondibile, che chiamava in causa il «reggente» Horthy: «... Non s'illuda, questo ammiraglio senza navi, ottimista e pacioccone, di aver sottratto definitivamente i magiari dall'influenza sovietica, debellando il bolscevico Bela Kun. L'ignobile caso capitato a Parigi è la prova che il popolo ungherese è tuttora con Mosca contro Roma...».

Finite le Olimpiadi, gli schermitori ungheresi tornarono in patria con l'*Orient Express*. Alla stazione di Torino, dove il famoso treno internazionale sostava un buon quarto d'ora, per fare acqua e carbone, un gruppo di squadristi, capitanati dal famigerato console Brandimarte, aggredirono i magiari. Pestandone, con particolare accanimento, l'allenatore. Che, purtroppo, era l'italianissimo e fascistissimo maestro Santelli.

Nel 1922, quando il fascismo agguantò il potere, lo sport italiano era ancora, più o meno, quello dell'ultimo Ottocento. Baffuto, squattrinato e garibaldino. Soltanto il ciclismo e il calcio godevano di una certa popolarità. Tutti gli anni, fra maggio e giugno, una discreta folla, tenuta a bada dai questurini in cheppì, si schierava lungo le strade provinciali, specialmente in Lombardia, in Piemonte e in Emilia, per incoraggiare, al passaggio, i *routiers* del Giro d'Italia, i «girini», come li aveva battezzati Bruno Roghi. Difficilmente riconoscibili, dietro le loro maschere di polvere e di fango. Assistiti, alla meglio, dalle «case» ciclistiche che contribuivano alle spese organizzative, sostenute, in massima parte, dalla «Gazzetta dello Sport».

Tutte le domeniche, nelle città più importanti, alcune migliaia di persone si mettevano in marcia verso la periferia, per andarsi ad appollaiare sulle gradinate di legno dei campi di calcio. Quelli che si sgolavano di più e, spesso, dimenandosi, mettevano in pericolo la stabilità già precaria delle tribune, si chiamavano, all'inglese, *supporters*. Divennero «tifosi» molto più tardi. Sul finire degli anni Trenta. Inutile dire che le province meridionali erano escluse, praticamente, sia dal ciclismo che dal calcio.

Quanto all'atletica, ancora più baffuta e negletta, era partita, molto timidamente, dalla ginnastica. Infatti, nel 1903, alla vigilia delle Olimpiadi di Saint Louis, il siciliano senatore Todaro, presidente della Federazione Ginnica Italiana, fece sapere al barone de Coubertin, presidente del CIO (Comitato Internazionale Olimpico) che tutti i ginnasti italiani, a una voce, chiedevano che i Giochi del 1908 si svolgessero a Roma. Il barone accettò la proposta, dichiarando che soltanto nella Città Eterna «l'Olimpismo avrebbe rivestito la toga sontuosa, tessuta d'arte e di pensiero, di cui, fin da principio, aveva voluto abbigliarlo». Ma il presidente del Consiglio, Giovanni Giolitti, cui venne girata la proposta per competenza «amministrativa», rispose che non era neppure il caso di parlarne.

Le Olimpiadi vennero, così, organizzate a Londra. Dove la nostra ginnastica, quasi a scorno del rinunciatario Giolitti, fece suonare, inaspettatamente, le note della marcia reale. In onore della «medaglia d'oro» Alberto Braglia. Un facchino modenese, dai baffi a gancio, che si era irrobustito a forza di bauli sulla schiena. A Londra, divenne improvvisamente celebre, ma in chiave patetica, anche un altro italiano: Dorando Pietri. Un maratoneta di Carpi, garzone di fornaio, che si era allenato, soprattutto, portando di corsa il pane a domicilio. A soli due chilometri dal traguardo, benché stremato, quasi boccheggiante, era in testa, notevolmente distaccato dal secondo, l'americano Hayes. Con un supremo, disperato sforzo, avrebbe quasi certamente vinto la maratona. Ma uno spettatore, impietosito dalle sue condizioni, lo sostenne per un breve tratto. In base al regolamento, Pietri fu squalificato e trasportato direttamente all'ospedale. Non ebbe la medaglia d'oro. Ma la regina Maria, in compenso, gli mandò un mazzo di rose.

Questo, a grandi linee, era il nostro panorama sportivo, quando Mussolini, nell'ottobre '22, s'installò a Roma, in veste di «salvatore della patria». In versione ancora «democratica», come testimoniano, nelle foto del tempo, il cilindro troppo stretto, le ghette troppo larghe e la *redingote* dalle maniche a mezz'asta. E la situazione restò, più o meno, quella che era, nei cinque anni successivi alla «marcia». In questo periodo se vi fu qualche progresso organizzativo, limitatamente all'Italia settentrionale, lo si dovette esclusivamente all'iniziativa privata, giacché il «regime», impegnato a consolidarsi, liquidando l'opposizione, non aveva certo tempo da perdere coi problemi sportivi. Anche se il duce, nel frattempo, sorprendendo gli italiani e meravigliando i suoi stessi gerarchi, si era trasformato in perfetto *sportman*. Pronto a passare, sorridente e disinvolto, dall'ippica al tennis, dalla scherma al pattinaggio a rotelle, da un round di pugilato al tirassegno. Esercizi ai quali si aggiunsero, ben presto, l'Alfa da corsa e il bimotore Savoia-Marchetti.

Ma agli inizi di quella stupefacente metamorfosi, Mussolini si dedicò, con particolare entusiasmo, all'equitazione. Nel marzo del 1925, un paio di mesi dopo il famoso discorso del 3 gennaio, col quale aveva abolito l'opposizione parlamentare e la libertà di stampa, il dittatore ricevette il celebre *columnist* Bill Collins. Venuto appositamente da New York per intervistarlo «*only-humanly*». Ossia, al di fuori della politica.

«Si dice che lei faccia molto sport. È vero?» gli chiese, a un certo punto, il giornalista.

«Certo! Mi dedico a diversi esercizi sportivi tutti i giorni, per almeno un paio d'ore».

«E qual è il suo sport preferito?».

«Cavalcare!».

«Come si chiama il suo cavallo prediletto?».

«Norma. È una cavalla. Modestia a parte, le femmine, sotto di me, si trovano sempre bene!».

Dopo di che, restando in tema, Collins s'informò:

«Sono sportivi gli italiani?».

«Non dimentichi che questo è un paese povero! E lo sport è un lusso!».

«Ha intenzione di fare qualche cosa, per renderlo più popolare?».

«Sì! A tempo debito. Ma non c'è fretta. Ho un sacco di questioni, ben più urgenti, da sistemare!».

Ma due anni dopo, Mussolini capì, all'improvviso, che, fra le questioni più urgenti, quella sportiva era urgentissima. E ad aprirgli gli occhi fu il fallimento di un'offensiva, perlomeno velleitaria, contro le organizzazioni giovanili controllate dal Vaticano.

L'idea partì da Leandro Arpinati, *ras* di Bologna. Giunto al fascismo dal sindacalismo anarchico. Anticlericale irriducibile. Una mattina, nell'aprile del '27, il ricciuto gerarca si presentò a Mussolini per il solito rapporto mensile. Riferì quello che doveva in una decina di minuti, quindi, invece di andarsene sputò il rospo.

«Sta' a sentire, Benito! I preti, in Emilia, stanno alzando la cresta. E se la alzano da noi, figurati cosa stanno combinando nel Veneto, nel Bergamasco e nelle altre sacrestie d'Italia! Bisogna ricordargli che comandiamo noi!».

«È una faccenda delicata! E cosa dovrei fare?».

«Devi dare un giro di vite alle organizzazioni cattoliche!».

«Brutto tasto! Comunque, cosa proponi?».

«Tanto per cominciare, liquida tutte le attività sportive che l'azione cattolica svolge al di fuori dei suoi circoli ricreativi e degli oratori parrocchiali».

«Dici niente! Un provvedimento del genere può scatenarci addosso i fulmini del papa! Finora, col Vaticano è andata bene. Ma se cominciamo a rompergli le uova nel paniere!».

«Proviamo! E se poi vediamo che non ci conviene insistere, siamo sempre in tempo a fare marcia indietro! Che ne dici?».

«Lasciamici pensare!».

Ci pensò. Un paio di mesi. Poi, verso la fine di giugno, forse con la speranza di sorprendere il nemico intorpidito dal caldo, partì all'attacco. Con una circolare «riservatissima» ai prefetti (trasmessa anche ai federali, all'insaputa dei prefetti) in cui si ordinava di «... proibire, per motivi d'ordine pubblico, in base alle vigenti leggi di P.S., le manifestazioni, competizioni e radunanze sportive promosse, in luogo pubblico, dalle organizzazioni cattoliche in oggetto. Si prega dare immediata conferma».

Mussolini, col contrordine già sottomano, prevedeva una reazione furibonda. Restò sorpreso, perciò, quando un paio di settimane dopo la circolare, i prefetti gli fecero sapere che il «veto», già applicato in diversi casi, non aveva incontrato la minima resistenza. Come mai? Che stava succedendo? Possibile che il fascio littorio avesse la meglio sulla croce?

Non era così. E il duce se ne rese conto allorché, una mattina, si presentò a Palazzo Venezia il gesuita Tacchi-Venturi, suo «consigliere spirituale». Il religioso, lungo, ossuto, dalla maschera impenetrabile, stringeva sotto il braccio una borsa gonfia di documenti, chiusa con un lucchetto. Restò in anticamera un paio di minuti, passeggiando nervosamente avanti e indietro. Poi, fu introdotto nella sala del Mappamondo. E un certo usciere Galeffi, che gli aprì la porta, prima di richiuderla al rallentatore, fece a tempo ad afferrare un paio di battute.

«Benvenuto, caro padre! Che sorpresa! Come mai non mi ha preavvertito con la solita telefonata?».

«Non ne ho avuto il tempo. Arrivo direttamente dal Vaticano. Debbo comunicarle un importante messaggio e parlarle di sport!».

Il gesuita restò dentro più di un'ora. Quando uscì, Mussolini lo accompagnò alla porta. Era pallido come un cadavere e aveva gli occhi spalancati come fanali. I prefetti ricevettero, in giornata, un fonogramma cifrato, che annullava la famosa circolare. Arturo Bocchini, capo della polizia, ricevette, oralmente, l'ordine di sottoporre Leandro Arpinati «a discreta sorveglianza».

Il duce (che forse si sognò per molte notti di seguito la borsa, con lucchetto, di padre Tacchi-Venturi) uscì malconcio dal durissimo impatto. Ma l'esperimento, per quanto disastroso, gli servì. Perché gli fece capire, con estrema chiarezza, due cose: che doveva andare d'amore e d'accordo coi preti, anche più di prima, altrimenti da «uomo della provvidenza» sarebbe diventato, di colpo, Belzebù; che lo sport, visto e considerato che quei volponi dei preti gli davano tanta importanza, doveva essere un formidabile strumento di potere. Morale: bisognava «partire in quarta» verso la firma del Concordato e bisognava «inquadrare», al più presto, tutte le organizzazioni sportive ancora indipendenti. La parola d'ordine, comunicata dal segretario del partito, Augusto Turati, ai federali convocati appositamente a Roma, fu: «Fascistizzare gli sportivi e sportivizzare i fascisti». Benché suonasse come uno scioglilingua, fece colpo.

Nel febbraio del 1929, diciassette mesi dopo la famosa visita di padre Tacchi-Venturi, il Concordato, firmato da Mussolini e dal cardinale Gasparri, era cosa fatta. Il «regime» aveva appoggiato le spalle alle Mura Leonine. Quanto all'«inquadramento» sportivo, dopo un avvio bersagliresco, secondo il perfetto «stile fascista», s'era messo a inarcare il passo. Rivelando che il «regime», definito dall'uomo di Predappio «un blocco monolitico di volontà indomite e concordi, proteso verso un'unica meta», non era, in realtà, che un colossale timballo, pieno di vecchiumi burocratici, contraddizioni giuridiche e tabù. Risultò, ben presto, che certe «gloriose» società sportive, fondate nell'Ottocento, in piena orgia patriottarda («Pro Patria», «Pro Italia», «Tenaci Italici», «Liberi e Forti», «Garibaldi e Mazzini», «Salus et Vis», eccetera) erano non soltanto insopprimibili, ma addirittura insindacabili. In base al codice civile, e anche per non urtare la suscettibilità di certi maggiorenti locali.

Alla fine, il solito Arpinati (che nel '28 aveva costruito il Littoriale di Bologna ed era divenuto presidente della Federcalcio) propose che tutte le attività sportive, «perlomeno in senso agonistico», fossero sottoposte al controllo del CONI. Un ente che, per tradizione, era senza dubbio il più qualificato a coordinare, in un assieme un po' omogeneo, le varie attività muscolari del paese.

Era l'unica soluzione ragionevole. E Mussolini diede il suo *placet*. Ma a denti stretti. Sia perché il frenetico Arpinati cominciava a stargli sui corbelli, sia perché il CONI, tutto sommato, non gli andava. Per due motivi. Primo: era un residuo della vecchia democrazia giolittiana, giacché lo aveva fondato, nel 1914, l'onorevole Carlo Montù, il quale, oltretutto, era un importante massone «coperto». Secondo: perché, secondo lui, puzzava di «cricca anglo-francese», in quanto, dal punto di vista associativo, era una propaggine del Comitato Olimpico Internazionale.

Nell'aprile del '29, parlando ai federali, il duce aveva detto:

«Sappiate che diffido, in linea di massima, di tutto ciò che ha un piede in Italia e l'altro fuori. È venuto il momento di dire: decidetevi! O dentro o fuori!».

Quanto allo sport, se avesse potuto, lo avrebbe senz'altro militarizzato. Perché, ormai, lo considerava soltanto una «fucina» per forgiare quegli italiani nuovi, indomiti, «temprati nel clima littorio», destinati a ben altre vittorie che quelle olimpiche...

Nell'autunno del 1931, in vista del «decennale», Mussolini entrò, decisamente, nella parte del «condottiero». Alla Colleoni. Nella parata del 28 ottobre, il suo cavallo divenne improvvisamente bianco e monumentale. Tanto che faceva un po' Gondrand. E dal fez gli zampillò un asprì, argenteo, alto una trentina di centimetri.

Il «decennale», per lui, non era un punto d'arrivo. Era un punto di partenza verso la seconda e ben più fulgida fase del suo «regime». Vagheggiava già la conquista dell'impero. Perché l'Italia fascista non poteva certo accontentarsi dei «fondi di magazzino coloniali» ereditati da Crispi e da Giolitti. L'unica sua preoccupazione era che per attuare l'impresa da lui sognata (a spese della Francia o dell'Inghilterra) approntando, moralmente e fisicamente, le «quadrate legioni» necessarie, ci voleva, come minimo, tutto il secondo «decennio». Per la preparazione morale, potevano bastare le scritte murali (fra «morale» e «murale» la differenza era minima). «Credere obbedire e combattere», «Noi tireremo diritto», «Nudi alla meta» e via dicendo. Ma la preparazione fisica richiedeva una «promozione biofisiologica della stirpe». Per dirla col professor Nicola Pende, endocrinologo al servizio della «causa». Era un lavoro lungo! La gioventù italiana aveva cominciato ad entrare nel «crogiolo» littorio (colonie marine, educazione fisica obbligatoria, sorveglianza sanitaria, opere assistenziali, campeggi, sport) nel 1927, con i nati nel '21. I quali, ovviamente, non sarebbero stati in grado di «portar armi» prima del 1940, otto anni dopo il primo «decennale». Non erano molti, misurati col metro della storia. Ma Mussolini teneva d'occhio la Germania, che in quel momento, eccitata dai vaticini di Hitler, non essendo ancora una potente alleata, era una concorrente potenziale.

«Per assicurarci quella dignitosa porzione d'Africa che ci spetta, bisognerà bruciare i tempi! – disse Mussolini, a Costanzo Ciano, proprio nel '31. – Ben presto anche la Germania vorrà la sua parte!».

Ma «presto e bene raro avviene». E in Romagna i proverbi hanno credito. Fra l'altro, nell'ottobre del 1931, il duce visitò, senza preavviso, in forma semiprivata, le zone più fuori mano di alcune province meridionali, in Irpinia (oggi Lucania), in Calabria e nelle

Puglie. Ed ebbe modo di constatare che gran parte dei milioni stanziati per migliorare fisicamente la gioventù (ambulatori pediatrici, refezione scolastica, case del Balilla, palestre e attrezzature sportive) erano passati in cavalleria. Inoltre, passando in rivista le popolazioni bracciantili, si rese conto che per ottenere la «promozione biofisiologica» additata da Pende, ci sarebbe voluto perlomeno mezzo secolo.

Tornò a Roma furibondo. E tanto per cominciare, se la prese col segretario del partito, Giovanni Giuriati. Un avvocato veneziano, molto perbene, del quale Mussolini era solito dire: «È umido. Sembra sempre appena ripescato da un fosso pieno d'acqua». Fu lui, comunque, il capro espiatorio della delusione ducesca. Accusato di menefreghismo e di abulia. Il capo lo strapazzò per oltre un'ora, battendo i pugni sul tavolo. Alla fine, non sapendo più cosa tirar fuori, gli rinfacciò di aver arruolato nella milizia Primo Carnera, gigante di cartapesta, che nel 1925, alla visita di leva, era stato riformato per vene varicose e piedi piatti:

«Alti o bassi, gli scarti del regio esercito nelle mie legioni non ce li voglio!».

Seguì il cosiddetto «cambio della guardia». Giuriati, silurato, tornò a Venezia. Sostituito da Achille Starace, che era già stato segretario nazionale del partito e che era «vice» da parecchi anni.

Nel corso del secondo «decennale», il gerarca pugliese fu l'immancabile «uomo del balcone», incaricato di rivolgere alle folle oceaniche lo storico grido: «Salutate nel duce il fondatore dell'impero!». Ma dal punto di vista sportivo, oltre a rendere obbligatorio il saluto romano alle squadre di calcio prima e dopo la partita e ai pugili all'inizio e alla fine del *match* (esenti solo quelli portati via in barella), fu irremovibile nel pretendere che, almeno una volta al mese, tutti i gerarchi di un certo livello, senza eccezione d'età o di diametro addominale, si esibissero in esercizi fisici piuttosto sostenuti e perigliosi. Pedalando su biciclette bersaglieresche, a gomme piene e ruota fissa, sul glorioso ma massacrante selciato dell'Appia Antica. Scivolando giù per i tendoni dei pompieri. Passando, a tuffo o in motocicletta, attraverso cerchi di fuoco. Facendo di corsa la via dell'Impero, pugni al petto e petto in fuori. Molti, fra i più corpulenti e attempati, furono spesso sorpresi in lacrime, seduti, come per non rialzarsi mai più, su una pietra miliare.

Quelle sevizie sportive, naturalmente, resero Starace estremamente impopolare, fra i ciccioni in orbace. Ormai convinti, a dieci anni dalla «marcia», di potersi sgranocchiare l'Italia, in santa pace, senza scocciature. Ma il dinamico Achille, in realtà, aveva eseguito, anche lì, con devozione pedissequa, gli ordini di Mussolini. Che, in molti casi, lanciava il sasso e nascondeva la mano. Sfottendo Starace per certe trovate peregrine che, viceversa, erano sue. A proposito degli *exploits* atletici imposti ai gerarchi, siccome avevano carattere mensile, il duce li definì, con divertito cinismo, «le mestruazioni ginniche di Starace».

Ma l'intervento più rilevante di Starace, in campo sportivo, con effetti addirittura rinnovatori, fu del tutto involontario. Nel novembre del 1931, due mesi prima di occupare la poltrona lasciata vuota da Giuriati, ebbe luogo, a Roma, la partita Italia-Cecoslovacchia (finita, per la cronaca, 2 a 2). Era un incontro molto atteso. Si profilava un tutto esaurito. Quindi, Arpinati, presidente della Federcalcio (oltreché sottosegretario agli Interni) proibì, tassativamente, tutte le entrate di favore. Senza eccezioni. Salvo il duce e il re. Così, quando Starace si presentò all'ingresso dello stadio, seguito da un gruppetto di amici, del quale faceva parte una bella signora che gli stava a cuore, fu bloccato dall'impiegato addetto e invitato a passare al botteghino. Il gerarca di Gallipoli, che aveva modi signorili, non era certamente tipo da tirarsi indietro, di fronte all'acquisto di cinque o sei biglietti. Ma notò il sorrisetto ironico della signora, da lui assiduamente corteggiata «scopo scopandi», e s'incazzò. Soprattutto quando, di lì a poco, s'imbatté in Arpinati, che stava facendo, pignolescamente, il giro delle entrate, per sincerarsi di persona che il suo ordine fosse rigorosamente rispettato. Ne nacque un breve diverbio. Arpinati non mollò. Starace, tesissimo, se ne andò con la comitiva. E l'indomani riferì l'accaduto al duce. Sottolineando che Arpinati aveva inteso umiliare, con quel gesto spavaldo, non l'uomo, ma il vicesegretario del partito. E questo, perché Arpinati era, nel suo intimo, un fiero antifascista. Antimussoliniano, soprattutto! Tant'è vero che andava in giro a dire che l'Italia era diventata un «feudo della famiglia Mussolini».

Il duce si accigliò. Ma dentro di sé gongolava, perché intravedeva, finalmente, la possibilità di liquidare

Arpinati, che da alcuni anni gli stava sullo stomaco. Esattamente dal 1926, quando, in settembre, durante una sua visita a Bologna, era fortunosamente scampato a un attentato. La responsabilità del gesto era stata attribuita all'adolescente Anteo Zaniboni, linciato, sul posto, da un gruppo di squadristi con furia piuttosto sospetta. Tanto che Mussolini lasciò Bologna con la segreta convinzione che, in realtà, fosse stato Arpinati a organizzare l'attentato, con l'ordine di eliminare, seduta stante, il malcapitato Zaniboni, se fosse andata male. Cioè, bene per il duce.

Come primo provvedimento, Mussolini chiamò Arpinati e gli riferì quanto gli aveva detto Starace. Il tumultuoso gerarca, invelenito, andò subito da Starace, lo insultò e lo sfidò a duello. Lo sfidato rise e rifiutò di battersi, dicendo che i duelli erano una pagliacciata da *belle époque*. Assolutamente fuori posto nel clima littorio. Il bolognese gli diede del vigliacco. Il pugliese, senza dire una parola, si puntò l'indice sul petto, additando il distintivo di cinque medaglie al valore. Arpinati le chiamò «patacche». Starace riuscì a dominarsi. Intervenne Mussolini, con Rossoni di rinforzo, e ordinò al bolognese di ritirare la sfida. Si ebbe un netto rifiuto. E due giorni dopo, Arpinati, cacciato dal partito e in pari data rimosso da tutte le sue cariche, fu spedito al confino.

Presidente della Federcalcio, al suo posto, fu nominato il generale Vaccaro. Un pretoriano conformista, che, nel giro di pochi mesi, fece del calcio l'unico sport veramente, totalmente «fascistizzato» del ventennio, defenestrando dalle società calcistiche tutti i dirigenti, gli allenatori, perfino i massaggiatori e i custodi dei campi che non fossero iscritti al partito; obbligando gli arbitri a prendere la tessera: favorendo le interferenze dei segretari federali nelle questioni interne, sia tecniche che amministrative, delle società.

Nel 1932, anno del «radioso decennale», mentre Balbo preparava la sua «radiosa trasvolata», gli azzurri ottennero, alle Olimpiadi di Los Angeles, un «radioso successo», salutato dal «radioso sorriso» del duce. I nostri atleti conquistarono, complessivamente, dodici medaglie d'oro, dodici d'argento e undici di bronzo. Nella classifica per nazioni, l'Italia si piazzò seconda assoluta, dopo gli Stati Uniti. Ma la medaglia d'oro più gradita a Mussolini fu, naturalmente, la più belluina. Quella, cioè, guadagnata dal suo conterraneo Renzo Morigi, detto «Morigion». Un energumeno di Ravenna che, nei giorni della «febbrile vigilia», per vendicare Ettore Muti, ferito da un giovane «rosso», al quale aveva pestato e purgato il padre, uccise il feritore. *Coram populo*. A pistolettate. Infatti, a Los Angeles, sfruttando ai fini olimpici la sua buona mira di *killer* antemarcia, si classificò primo nel tiro con la pistola automatica da 25 metri.

Ma ai fini della famosa «promozione biofisiologica della stirpe», matrice di «quadrate legioni», quel trionfo olimpico non era che una lustra. Non era che sfolgorante merce di lusso, esposta in vetrina, mentre nel retrobottega meridionale dell'Italia «proletaria e fascista» si ammassavano milioni d'italiani ancora depressi, ingobbiti dalla zappa, alimentati a forza di pomodori conditi soltanto con il sale. Mussolini lo sapeva bene. Tant'è vero che, una mattina, sfogandosi con la contessa Lodi Sant'Ermano, nipote di Benedetto XV, intelligentissima bibliotecaria di Palazzo Venezia, le aveva detto:

«I baroni e i latifondisti del sud sono porci senza rimedio. Nel '22 li ho salvati, in extremis, dalla giusta furia dei braccianti affamati. Salvata la pelle e la terra, supponevo che sarebbero diventati meno carogne. Mi sbagliavo. Sono ancora peggio! Ma la prossima volta, pregheranno inutilmente San Benito. Pagheranno. E duramente!».

Il duce, in sostanza, dava allo sport un valore molto restrittivo. Quasi d'*élite*. Quasi estraneo a quella rigenerazione delle masse, che tanto gli stava a cuore, in vista di una travolgente offensiva coloniale contro la Francia o la «perfida Albione». E lo dimostra quello che disse a una rappresentanza di medici, ricevuti nella sala del Mappamondo, sul finire del '32:

«Sono profondamente convinto che il nostro modo di mangiare [o di «non mangiare», per molti], di vestire, di lavorare e di dormire, tutto il complesso delle nostre abitudini quotidiane, deve essere riformato. Bisogna fare agire gli elementi della natura sul nostro corpo; prima di tutto l'aria, il sole e il movimento. La vita deve svolgersi in modo più razionale. Tutto quello che sarà fatto per abituare gli italiani al moto, all'aria libera, alla ginnastica e anche allo sport, sarà ottimo non solo dal punto di vista fisico, ma anche dal punto di vista morale. Perché gli uomini che sono forti sono anche saggi e sono indotti a non mai abusare delle loro forze, come lo sono invece, immancabilmente, i deboli e i vinti».

Quell'«anche» davanti a «sport», indica, chiaramente, una concessione a qualcosa in cui, sul piano della rigenerazione nazionale, non credeva.

Mussolini costruì il ventennio a sua immagine e somiglianza. Quasi per funzione fisiologica, come il baco, inconsapevolmente, si costruisce attorno il suo bozzolo. Nessun aspetto del «regime» sfuggì alla regola. Neppure quello sportivo, che fu interessante sia pure in chiave aneddotica e grottesca, finché il duce vi fece confluire i suoi umori, truculenti e condottieristici, di futuro «fondatore dell'impero». Poi, l'impero fu fatto. Per smania di farlo. Non già a spese della Francia e della «perfida Albione» (*s'aveva da provà!* dicono i bulli romani) ma mitragliando a volo radente i fantaccini scalzi del Negus.

Dopo di che, Mussolini, ammorbidito dalla «crema Venus» di Claretta Petacci, cercò solo di dimostrare, soprattutto a se stesso, che le femmine, sotto di lui (come aveva detto nel '25 a Peter Collins) si trovavano «sempre bene». E si disinteressò della «promozione biofisiologica della stirpe». Perché, fra l'altro, in caso di guerra, era meglio contare sull'alleata stirpe germanica. Biofisiologicamente già promossa.

E la guerra arrivò. Lui era convinto che fosse breve. Durò quasi sette anni. Lui credeva di vincerla assieme ai tedeschi e invece la perse insieme ai nazisti. Ma mentre la stava perdendo, il Campionato di calcio, nonostante i bombardamenti, i morti, la fame e gli sfollamenti, continuava.

Nel 1940, lo vinse l'Inter. Nel 1941, il Bologna. Nel 1942, la Roma. Nel 1943, il Torino. Nel 1944 (limitato alle regioni settentrionali per via dell'occupazione alleata del Sud), i Vigili del Fuoco di La Spezia (ma non c'erano da spegnere gli incendi appiccati dagli spezzoni?). Nel 1945, non essendo più materialmente possibile combinare un Campionato, sia pure in edizione ridotta, si ripiegò su un Torneo Fiat, a Torino, su un Torneo Benefico Lombardo, a Milano, e su una Coppa Città di Genova. A Torino e a Milano si giocò fino al 24 aprile, vigilia della Liberazione.

Il ventennio, dunque, aveva prodotto più calciatori che soldati. Ma, in compenso, più «tifosi» che calciatori.

# Nota

*di*

*Beppe Benvenuto*

Ecco, verrebbe da dire, finalmente ci risiamo, e si torna al solito, al lato Sordi del regime. Nel senso, sia chiaro, dell'Albertone nazionale. Quella maschera cioè dell'italiano medio, diviso in parti uguali fra bonomia, cialtroneria e velleità. Quasi un *idealtypus* o giù di lì. In questa maschera, ai piani alti e nelle sue verticalizzazioni più negative eppure non sempre e comunque antipatiche, si colloca perfettamente a suo agio Lui. Il tiranno, il Duce, il condottiero, il numero uno dell'italica seduzione Benito Mussolini. Così, almeno, a seguire alla lettera la beffarda e dolceamara descrizione che ce ne fornisce in questo *Mussolini e le donne* Gian Carlo Fusco.

Perfetto racconto del fascismo di sguincio, il libro, uscito in volume tardivamente nel 1973 (in realtà in un'antologia dal titolo bizzarro e sintetico di *Playdux*, pubblicata per i tipi della Tattilo Editrice in cui il nostro Gian Carlo faceva la parte del leone) raccoglie materiali la cui gestazione si può far risalire addirittura agli inizi della travagliata carriera giornalistico-letteraria dell'autore. Personaggi e situazioni carissimi a Gian Carlo Fusco. Temi che già si affacciano quando, oramai al giro di boa dei trentaquattro, sponsor l'amico scrittore Manlio Cancogni, ancora spezzinviareggino, comincia a trovare qualche udienza fuori dalla cerchia ristretta di quei letterati fan che ascoltavano rapiti le sue storielle durante gli interminabili tiratardi versiliesi.

Siamo precisamente negli anni dei primi abboccamenti con il giro de «Il Mondo», ai contatti che, via via, si fanno più fitti con il suo direttore, Mario Pannunzio. Di questo traccheggio epistolare ha offerto di recente una buona selezione Andrea Ungari in un rapido saggio, con tanto di lettere accluse, intitolato appunto *Il «Mondo» di Gian Carlo Fusco*, pubblicato sul numero 3, maggio-giugno, della rivista «Nuova Storia Contemporanea» (pp. 129-142).

Le commendatizie fra Cancogni e Pannunzio e poi quelle fra l'illustre direttore e Fusco raccontano proprio di una gestazione lenta e di lunga posta. Dicono di questioni macerate, di figurine appena schizzate, ma già ben interne ai pensieri dello scrittore ligure. Aggiungo: parlano di fantasmi e di problemi, meditati e coltivati nel tempo.

Sulle prime si accenna soprattutto ad argomenti che andranno poi a far parte dei testi più famosi, *Le rose del ventennio*, *Guerra d'Albania*, ma in seguito si arriverà alle pruderie del Capo e della sua cerchia, insomma al versante grandguignolesco ma pur sempre paesano e piccolo-borghese di quei boss abbigliati dalla testa ai piedi col carboncino.

Scrive, siamo sul finire del '49, Cancogni: «Caro Mario, ti spedisco questo servizio del mio amico Gian Carlo Fusco che a me è parso bellissimo e adattissimo per

"Il Mondo". Leggilo subito che ti divertirai e intanto ti dico di che si tratta. Forse ricorderai che nel marzo del '41, il duce andò in Albania a dirigere l'offensiva che avrebbe dovuto porre fine alla guerra con lo sfondamento del fronte che invece si risolse in un disastro con perdite spaventose per il nostro esercito. Io c'ero e te ne posso raccontare qualcosa. Il duce aveva sparato il primo colpo di cannone. Il mio amico Fusco era geniere telegrafista addetto alla persona del duce all'osservatorio da cui quel fesso gigantesco dirigeva, leggerai come, le operazioni. Il pezzo, ti ripeto, è ottimo, e mi pare necessario in un momento come questo in cui gli implacabili fascisti stanno montando l'apologia del duce come stratega tradito dall'incompetenza e dalla malafede dei generali. È autentico parola per parola; sono fatti i nomi dei testimoni e non c'è pericolo di smentite. Io e i miei amici antifascisti di qua attendiamo con ansia la pubblicazione». Ansia rapidamente sedata. L'articolo esce a breve giro di posta con piena e dichiarata soddisfazione di Pannunzio: «Caro Cancogni, come avrai visto l'articolo del tuo amico Fusco è stato pubblicato. Digli di scrivere ancora per noi. Ha uno stile molto semplice e diretto che va benissimo». È l'avvio di un'intesa fertile e produttiva sia per lo scrittore ligure che per il responsabile del settimanale. Uno scambio che il mazzo di lettere pubblicate da Ungari registra, lungo l'arco di un quinquennio, nei suoi saliscendi, anche umorali.

Si va così da Gian Carlo timido e quasi ossequioso, al limite del formale, verso il suo celebre interlocutore, a un Fusco oramai affermato, firma di un certo riguardo nel panorama giornalistico nostrano, che tratta e discute circa da collega, da pari a pari. Ma i motivi e le suggestioni restano gli stessi: i retrobottega del regime e insieme il timore che tornino in auge quelle vecchie arie e si riprecipiti, magari senza accorgersene, a quei mai abbastanza deprecati andanti secondo cui si stava peggio quando si stava meglio.

Così qualche tempo dopo, siamo nell'ottobre 1954, troviamo tracciato quasi per filo e per segno uno degli spezzoni clou del futuro *Mussolini e le donne*. Per l'occasione, Gian Carlo la prende alla larga. Parte dall'attualità. Dichiara tutta la sua indignazione per quanto, nel corso di un dibattito parlamentare, prendendo spunto dallo scandalo Montesi, un senatore missino, tal Franza, giunge a dire rivolto alle sinistre («Proprio voi fate gli scandalizzati e i moralisti, voi che avete fatto di tutto per affossare il fascismo, regime che aveva dato al paese un costume sano, vigoroso, senza vizi e corruzione»). Un po' troppo davvero, sembra allo scrittore e allora, visto che «non so come possano esserci ancora senatori fascisti», giù a spiegare e a raccontare «di ciò che capitò per vent'anni in Italia all'ombra del littorio». A cominciare da che cosa effettivamente fosse «il sottobosco fascista». Cotta e servita quindi «una delle più sbalorditive storielle della collezione ch'io vado pian piano mettendo assieme». Una storiella di prima mano, autentica autentica, perché, spiega subito dopo, «sai che non ho fantasia. Quella che chiamerò "La notte di Matsuoka" è tutta scrupolosamente vera».

Ecco il succo della vicenda e dell'apologo: «Il ministro degli Esteri giapponese Matsuoka venne in Europa, nel 1941, per stringere patti più saldi con Mussolini e Hitler. Fu a Roma in primavera. Qualche tempo prima (in un discorso che io ascoltai da Gramsci, sotto il Tomori, mentre diluviava) Mussolini aveva annunciato "verrà il bello", volendo far intendere che stavano per finire le fregature che andavamo, specie in quei giorni, qua e là raccogliendo. Quando i romani videro sbarcare alla stazione Termini il ministro giapponese, si limitarono a dire: "E questo sarebbe il bello?". Comunque, Matsuoka fu accolto con pompa e solennità. L'incontro col duce fu fissato, per la mattina successiva al suo arrivo, e intanto fu accompagnato all'hotel Excelsior dove si era per lui preparato un appartamento, salvo errore, al secondo piano. A quello stesso piano aveva per combinazione, fin dal 1924, il suo pied-à-terre una delle figure più singolari del regime e non solo di esso: voglio dire il Max Mugnani, una specie di demone nato a Cento di Bologna, amico intimo di Italo Balbo e di altri altissimi gerarchi, figlio di ricchi possidenti, donnaiolo micidiale, corruttore spietato, fratello di latte della cocaina, console onorario della milizia, intelligentissimo, dotato di inesauribile fantasia... Nelle sue stanze all'Excelsior, Mugnani era solito organizzare trattenimenti notturni non molto popolati ma in compenso intensissimi di trovate a petto delle quali le storie di Capocotta e dintorni non vanno al di là di Pinocchio. A quelle festicciole intervennero, a turno, quasi tutte le distinte dame littorie e le loro corti.

Vi fu certamente Edda, vi fu sicuramente Maria Anfuso, non vi mancarono, è fortemente presumibile, né la Petacci, né la Ferida, né la Duranti, né Fanny Marchiò che fu per vent'anni l'amante ufficiale del nostro Max. Inutile dire che a questi ricevimenti partecipava, al posto d'onore, la signora Streppa... delle cui grazie tutti si valevano largamente. Poi, nella caratteristica penombra senza tempo che caratterizzava l'ambiente cocainico, cominciavano le voluttuose giostre. Si formavano sul tappeto gruppi a tutto tondo e bassorilievo, la cui complessità avrebbe impensierito il più esperto degli scultori. Ma il Max non appartiene alla categoria dei cocainomani "statici". Egli potrebbe, anzi, essere definito un "bersagliere" della droga, per il quale l'estasi si tramuta presto in assalto, in corse, arcane e febbrili ricerche, fame di pericoli e di atroci beffe. Così, in quella prima notte di Matsuoka all'Excelsior, Max, che stava appunto facendo gli onori di casa a un gruppo di amici, uscì a un certo punto dalle sue stanze. Lo colpirono due paia di minuscoli, irreprensibili stivaletti neri con ghetta chiara esposti a quattro o cinque porte dalla sua. Max appoggiò l'orecchio a quella porta. Udì un vago rumore di respiro. Il balzo della tigre sulla preda è tanto più fulmineo quanto più piatta e silenziosa fu la manovra di avvicinamento. Accendere la luce, scattare sul dormiente, agguantarlo, gettarselo sulle spalle prima ancora che cominciasse a sgambettare o avesse il tempo di strillare, portarselo di corsa di là, nel proprio sgozzatoio, fu per Max un affare di venti secondi. Gli amici lo accolsero con soffocati gridolini di ammirazione e di festa. Poi, l'eccellenza Matsuoka, con gli occhietti sbarrati sulla mano di Max che gli tappava la bocca, fu messo a sedere su una poltrona. "Oh, il bel omarino giallo" sibilava il Mugnani. "Oh, il bel risottino alla milanese! Mettiamoci un po' di formaggio buono". E un cannello d'argento fu tosto introdotto nella narice destra del ministro, il quale, per non soffocare, fu costretto a tirare su una mezza cartata di quell'eccezionale "formaggino". Che accade in seguito? La cocaina ha le sue ore perse e senza storia. Ma è un fatto che la mattina alle sette e mezza, quando il segretario particolare del ministro si recò a svegliare, rispettosamente, il principale, lo trovò messo di traverso sul letto con un reggipetto agganciato attorno all'esile torace. Ecco perché l'incontro con Mussolini fu rimandato alle sei del pomeriggio e perché, una settimana dopo, Max Mugnani e tre dei suoi amici furono mandati al confino. Ma un mese dopo, Galeazzo Ciano ricevette una lettera personale di Matsuoka nella quale il ministro gli esprimeva il suo ringraziamento per le magnifiche accoglienze fattegli a Roma, pregandolo al tempo stesso, di ringraziare per suo conto, in modo particolare, quel "simpaticissimo, raffinato signore che la prima notte, in albergo, aveva organizzato in suo onore una riuscitissima festa neroniana e quindi, tipicamente imperiale". Se fosse riuscito a rintracciarlo, il ministro avrebbe spedito a quel signore un'onorificenza civile di notevole grado». Sin qui la prima versione della doppia storia Mugnani-Matsuoka, quasi pari pari ripresa in *Mussolini e le donne*.

Un esempio di Fusco all'opera. Lo scrittore era, come si dice, sul pezzo da tempo. Lavorava cioè per condense, per lunghe e reiterate messe a punto. Grazie a canovacci che si dilatano negli anni, problematiche che tornano in superficie negli anni.

*Mussolini e le donne* non è, sia chiaro, riducibile all'episodio sopracitato. È molto di più. È soprattutto un libro con Lui al centro. Intendasi Benito Mussolini, il Duce degli italiani, il principe dei seduttori, dei play. L'incarnazione più riuscita e quindi più fallace del demiurghismo nostrano. Il lato Sordi dello Stivale. «Occhiacci», appunto, come l'apostrofa una donnina allegra quando, durante la stagione ambrosiana, il futuro fondatore dell'Impero si dibatteva incerto fra neutralità e intervento.

*Mussolini e le donne*, ovvero la storia erotica del fascismo, in fondo non dice altro che di una maniera obliqua e laterale per parlare tout court del Ventennio e della sua indicibile carica di approssimatività.

Fusco appartiene alla schiera degli scrittori brillanti. È un caustico col sorriso a mezza bocca. Eppure sul regime e sul suo capo ha opinioni ferme e forti. Al dunque, parlarne attraverso versanti apparentemente minori, eros più o meno segreti o più o meno accettati, trasgressioni e così via, finisce col risultare un modo ancora più terribile per dargli addosso, per metterlo al tappeto senza appello.

Accade così che i tanti giochi di parole, presenti nel libro, sul gigionismo nazionale, le quasi infinite declinazioni intorno alla play cultura dicono sì di un casanovismo tradizionale, ma raccontano di caratteri profondi non solo del capo ma di un intero sistema. Fusco riesce in questa forma leggera e svagata a disegnare una sorta di antropologia sentimentalerotica del dittatore e insieme una caratteristica dei suoi adepti.

Non è quindi solamente il caso limite Mugnani-Matsuoka, è altresì una certa idea delle donne, divisa a metà fra eterno femminino e «orinali di carne», che la dittatura, neppure troppo segretamente, propaganda. Ed è ancora quel bislacco concetto del vero uomo, fritto misto di arditismo, fanigottonismo e tradizionale indolenza. È insomma un intero universo che sale a galla. Un idem sentire che dice di un senso della vita, facile e leggero, non allegro però, piuttosto nevroticamente teso a cogliere, quasi esclusivamente, il lato superfici grezze di cose e persone.

Tutto questo e molto altro ancora si può trovare nel racconto sapido delle tante trasgressioni del capo delle camicie nere e dei suoi intimi. Una lettura singolare. Il ritratto particolarissimo di una stagione sofferta del paese e al contempo una maniera per esprimere attraverso le forme della parodia e della satira un impegno civile che Fusco avvertiva come necessario. Un angolo di lettura speciale quindi. Scanzonatissimo eppure non superficiale. Una profondità realizzata grazie a una giostra accorta di elementi apparentemente facili e ricorrendo a uno stile «molto semplice e diretto che va» però «benissimo».

BEPPE BENVENUTO

# Indice

Questo volume è stato stampato
su carta Palatina
delle Cartiere Miliani di Fabriano
nel mese di aprile 2006

Stampa: Officine Grafiche Riunite, Palermo

Legatura: LE.I.MA. s.r.l., Palermo

# La memoria

1 Leonardo Sciascia. Dalle parti degli infedeli
2 Robert L. Stevenson. Il diamante del Rajà
3 Lidia Storoni Mazzolani. Il ragionamento del principe di Biscari a Macama N.N.
4 Anatole France. Il procuratore della Giudea
5 Voltaire. Memorie
6 Ivàn Turghèniev. Lo spadaccino
7 Il romanzo della volpe
8 Alberto Moravia. Cosma e i briganti
9 Napoleone Bonaparte. Clisson ed Eugénie
10 Leonardo Sciascia. Atti relativi alla morte di Raymond Roussel
11 Daniel Defoe. La vera storia di Jonathan Wild
12 Joseph S. Le Fanu. Carmilla
13 Héctor Bianciotti. La ricerca del giardino
14 Le avventure di Giuseppe Pignata fuggito dalle carceri dell'Inquisizione di Roma
15 Edmondo De Amicis. Il "Re delle bambole"
16 John M. Synge. Le isole Aran
17 Jean Giraudoux. Susanna e il Pacifico
18 Augusto Monterroso. La pecora nera e altre favole
19 André Gide. Il viaggio d'Urien
20 Madame de La Fayette. L'amor geloso
21 Rex Stout. Due rampe per l'abisso
22 Fiòdor Dostojevskij. Il villaggio di Stepàncikovo
23 Gesualdo Bufalino. Diceria dell'untore
24 Laurence Sterne. Per Eliza
25 Wolfgang Goethe. Incomincia la novella storia
26 Arrigo Boito. Il pugno chiuso
27 Alessandro Manzoni. Storia della Colonna Infame
28 Max Aub. Delitti esemplari
29 Irene Brin. Usi e costumi 1920-1940
30 Maria Messina. Casa paterna
31 Nikolàj Gògol. Il Vij
32 Andrzej Kuśniewicz. Il Re delle due Sicilie
33 Francisco Vásquez. La veridica istoria di Lope de Aguirre
34 Neera. L'indomani
35 Sofia Guglielmina margravia di Bareith. Il rosso e il rosa
36 Giuseppe Vannicola. Il veleno

37 Marco Ramperti. L'alfabeto delle stelle
38 Massimo Bontempelli. La scacchiera davanti allo specchio
39 Leonardo Sciascia. Kermesse
40 Gesualdo Bufalino. Museo d'ombre
41 Max Beerbohm. Storie fantastiche per uomini stanchi
42 Anonimo ateniese. La democrazia come violenza
43 Michele Amari. Racconto popolare del Vespro siciliano
44 Vernon Lee. Possessioni
45 Teresa d'Avila. Libro delle relazioni e delle grazie
46 Annie Messina (Gamîla Ghâli). Il mirto e la rosa
47 Narciso Feliciano Pelosini. Maestro Domenico
48 Sebastiano Addamo. Le abitudini e l'assenza
49 Crébillon fils. La notte e il momento
50 Alfredo Panzini. Grammatica italiana
51 Maria Messina. La casa nel vicolo
52 Lidia Storoni Mazzolani. Una moglie
53 Martín Luis Guzmán. ¡Que Viva Villa!
54 Joseph-Arthur de Gobineau. Mademoiselle Irnois
55 Henry James. Il patto col fantasma
56 Leonardo Sciascia. La sentenza memorabile
57 Cesare Greppi. I testimoni
58 Giovanni Verga. Le storie del castello di Trezza
59 Henryk Sienkiewicz. Quo vadis?
60 Benedetto Croce. Isabella di Morra e Diego Sandoval de Castro
61 Diodoro Siculo. La rivolta degli schiavi in Sicilia
62 George Meredith. La vicenda del generale Ople e di Lady Camper
63 Bernardino de Sahagún. Storia indiana della conquista di Messico
64 Andrzej Kuśniewicz. Lezione di lingua morta
65 Maria Luisa Aguirre D'Amico. Paesi lontani
66 Giuseppe Antonio Borgese. Le belle
67 Luisa Adorno. L'ultima provincia
68 Charles e Mary Lamb. Cinque racconti da Shakespeare
69 Prosper Mérimée. Lokis
70 Charles-Louis de Montesquieu. Storia vera
71 Antonio Tabucchi. Donna di Porto Pim
72 Luciano Canfora. Storie di oligarchi
73 Giani Stuparich. Donne nella vita di Stefano Premuda
74 Wladislaw Terlecki. In fondo alla strada
75 Antonio Fogazzaro. Eden Anto
76 Anonimo. Storia del bellissimo Giuseppe e della sua sposa Aseneth
77 Vanni e Gian Mario Beltrami. Una breve illusione
78 Giorgio Pecorini. Il milite noto
79 Giuseppe Bonaviri. L'incominciamento
80 Leonardo Sciascia. L'affaire Moro
81 Ivàn Turghèniev. Primo amore
82 Nikolàj Leskòv. L'artista del toupet
83 Aleksàndr Puškin. La solitaria casetta sull'isola di Vasilij
84 Michaìl Čulkòv. La cuoca avvenente
85 Anita Loos. I signori preferiscono le bionde
86 Anita Loos. Ma... i signori sposano le brune

136 Rudyard Kipling. L'uomo che volle essere Re
137 Senofonte. La tirannide
138 Plutarco. Sertorio
139 Cicerone. La repubblica luminosa
140 Luciano Canfora. La biblioteca scomparsa
141 Etiemble. Tre donne di razza
142 Marco Momigliano. Autobiografia di un Rabbino italiano
143 Irene Brin. Dizionario del successo dell'insuccesso e dei luoghi comuni
144 Giovanni Ruffini. Il dottor Antonio
145 Aleksej Tolstoj. Il conte di Cagliostro
146 Mary Lamb. La scuola della signora Leicester
147 Luigi Capuana. Tortura
148 Ljudmila Shtern. I Dodici Collegi
149 Diario di Esterina
150 Madame de Vandeul. Diderot, mio padre
151 Ortensia Mancini. I piaceri della stupidità
152 Maria Mancini. I dispiaceri del Cardinale
153 Francesco Algarotti. Saggio sopra l'Imperio degl'Incas
154 Alessandro Manzoni. Quell'innominato
155 Jerre Mangione. Ricerca nella notte
156 Friedrich Glauser. Krock & Co.
157 Cami. Le avventure di Lufock Holmes
158 Ivan Gončarov. La malattia malvagia
159 Fausto Pirandello. Piccole impertinenze
160 Vincenzo Consolo. Retablo
161 Piero Calamandrei. La burla di Primavera con altre fiabe, e prose sparse
162 Antonio Tabucchi. I volatili del Beato Angelico
163 Fazil' Iskander. La costellazione del caprotoro
164 Ramón Gómez de la Serna. Le Tre Grazie
165 Corrado Alvaro. La signora dell'isola
166 Nadežda Durova. Memorie del cavalier-pulzella
167 Boris Jampol'skij. La grande epoca
168 Vito Piazza. La valigia sotto il letto
169 Eustachy Rylski. Una provincia sulla Vistola
170 Jerzy Andrzejewski. Le porte del paradiso
171 Madame de Caylus. Souvenirs
172 Principessa Palatina. Lettere
173 Friedrich Glauser. Il Cinese
174 Friedrich Glauser. Il regno di Matto
175 Gianfranco Dioguardi. Ange Goudar contro l'Ancien régime
176 Palmiro Togliatti. Il memoriale di Yalta
177 Mohandas Karamchand Gandhi. Tempio di Verità
178 Seneca. La vita felice
179 John Fante. Una moglie per Dino Rossi
180 Antifonte. La Verità
181 Evgenij Zamjatin. Il destino di un eretico
182 Gaetano Volpi. Del furore d'aver libri
183 Domostroj ovvero La felicità domestica
184 Luigi Capuana. C'era una volta...
185 Roberto Romani. La soffitta del Trianon

186 Athos Bigongiali. Una città proletaria
187 Antoine Rivarol. Piccolo dizionario dei grandi uomini della Rivoluzione
188 Ling Shuhua. Dopo la festa
189 Plutarco. Il simposio dei sette sapienti
190 Plutarco. Anziani e politica
191 Giuseppe Scaraffia. Il mantello di Casanova
192 Enrico Deaglio. Cinque storie quasi vere
193 Aleksandr Bogdanov. La stella rossa
194 Eça de Queiroz-Ramalho Ortigão. Il mistero della strada di Sintra
195 Carlo Panella. Il verbale
196 Severino Cesari. Storie per quattro giornate
197 Charlotte Robespierre. Memorie sui miei fratelli
198 Fazil' Iskander. Oh, Marat!
199 Friedrich Glauser. I primi casi del sergente Studer
200
201 Adalbert Stifter. Pietra calcarea
202 Carlo Collodi. I ragazzi grandi
203 Valery Larbaud. Sotto la protezione di san Girolamo
204 Madame de Duras. Il segreto
205 Jurij Tomin. Magie a Leningrado
206 Enrico Morovich. I giganti marini
207 Edmondo De Amicis. Carmela
208 Luisa Adorno. Arco di luminara
209 Michele Perriera. A presto
210 Geoffrey Holiday Hall. La fine è nota
211 Teresa d'Avila. Meditazioni sul Cantico dei Cantici
212 Mary MacCarthy. Un'infanzia ottocento
213 Giuseppe Tornatore. Nuovo Cinema Paradiso
214 Adriano Sofri. Memoria
215 Carlo Lucarelli. Carta bianca
216 Ameng di Wu. La manica tagliata
217 Athos Bigangioli. Avvertimenti contro il mal di terra
218 Elvira Mancuso. Vecchia storia... inverosimile
219 Eduardo Rebulla. Carte celesti
220 Francesco Berti Arnoaldi. Viaggio con l'amico
221 Julien Benda. L'ordinazione
222 Voltaire. L'America
223 Saga di Eirik il rosso
224 Cristoforo Colombo. Lettere ai reali di Spagna
225 Bernardino de Sahagún. I colloqui dei Dodici
226 Sergio Atzeni. Il figlio di Bakunìn
227 Giuseppe Gangale. Revival
228 Alfredo Panzini. La cagna nera
229 Giovanni Boccaccio, Francesco Petrarca. Griselda
230 Adriano Sofri. L'ombra di Moro
231 Diego Novelli. Una vita sospesa
232 Ousmane Sembène. La Nera di...
233 Eugenio Battisti. Il ricordo d'un canto che non sento
234 Wilkie Collins. Il truffatore truffato
235 Carlo Lucarelli. L'estate torbida

284 Maria Occhipinti. Una donna di Ragusa
285 Steno. Sotto le stelle del '44
286 Antonio Tosti. Cri-Kri
287 Daniel Defoe. La vita e le imprese di Sir Walter Raleigh
288 Ronan Sheehan. Il ragazzo con la ferita all'occhio
289 Marcella Cioni. La corimante
290 Marcella Cioni. Il Narciso di Rembrandt
291 Colette. La gatta
292 Carl Djerassi. Il futurista e altri racconti
293 Voltaire. Lettere d'amore alla nipote
294 Tacito. La Germania
295 Friedrich Glauser. Oltre il muro
296 Louise de Vilmorin. I gioielli di Madame de ***
297 Walter De la Mare. La tromba
298 Else Lasker-Schüler. La gatta rossa
299 Cesare De Marchi. La malattia del commissario
300
301 Zlatko Dizdarević. Giornale di guerra
302 Giuseppe Di Lello. Giudici
303 Andrea Camilleri. La forma dell'acqua
304 Andrea Camilleri. La stagione della caccia
305 Robert Louis Stevenson. Lettera al dottor Hyde
306 Robert Louis Stevenson. Weir di Hermiston
307 Dashiell Hammett. La ragazza dagli occhi d'argento
308 Carlo Bini. Manoscritto di un prigioniero
309 Vittorio Alfieri. Mirandomi in appannato specchio
310 Silvio d'Amico. Regina Coeli
311 Manuel Vázquez Montalbán. Il pianista
312 Ugo Pirro. Osteria dei pittori
313 Irene Brin. Cose viste 1938-1939
314 Enrique Vila-Matas. Suicidi esemplari
315 Sergio Pitol. La vita coniugale
316 Luis G. Martín. Gli oscuri
317 William Somerset Maugham. La villa sulla collina
318 James Barlow. Torno presto
319 Israel Zangwill. Il grande mistero di Bow
320 Pierluigi Celli. Il manager avveduto
321 Renato Serra. Esame di coscienza di un letterato
322 Sulayman Fayyad. Voci
323 Alessandro Defilippi. Una lunga consuetudine
324 Giuseppe Bonaviri. Il dottor Bilob
325 Antonio Tabucchi. Gli ultimi tre giorni di Fernando Pessoa
326 Denis Diderot. Il sogno di d'Alembert. Seguito da Il sogno di una cosa di Eugenio Scalfari
327 Marc Soriano. La settimana della cometa
328 Sebastiano Addamo. Non si fa mai giorno
329 Giovanni Ferrara. Il senso della notte
330 Eduardo Rebulla. Segni di fuoco
331 Andrea Camilleri. Il birraio di Preston
332 Isabelle, Véronique e Marc Soriano. Il Testamour o dei rimedi alla malinconia

383 Ignazio Buttitta. La vera storia di Salvatore Giuliano
384 Giovanni di Alta Selva. Dolopato ovvero Il re e i sette sapienti
385 Andrea Camilleri. La bolla di componenda
386 Daphne du Maurier. Non voltarti
387 Daphne du Maurier. Gli uccelli
388 Daphne du Maurier. L'alibi
389 Julia Kristeva. Una donna decapitata
390 Alessandro Perissinotto. L'anno che uccisero Rosetta
391 Maurice Leblanc. Arsène Lupin contro la Mafia
392 Carolyn G. Hart. Morte in libreria
393 Fabrizio Canfora, Gotthold Ephraim Lessing. L'educazione del genere umano
394 Maria Messina. Ragazze siciliane
395 Maria Messina. Piccoli gorghi
396 Federico De Roberto. La sorte
397 Federico De Roberto. Processi verbali
398 Andrea Camilleri. La strage dimenticata
399 Andrea Camilleri. Il gioco della mosca
400
401 Andrea Camilleri. La voce del violino
402 Goliarda Sapienza. Lettera aperta
403 Marisa Fenoglio. Vivere altrove
404 Luigi Filippo d'Amico. Il cappellino
405 Irvine Welsh. La casa di John il Sordo
406 Giovanni Ferrara. La visione
407 Andrea Camilleri. La concessione del telefono
408 Antonio Tabucchi. La gastrite di Platone
409 Giuseppe Pitrè, Leonardo Sciascia. Urla senza suono. Graffiti e disegni dei prigionieri dell'Inquisizione
410 Tullio Pinelli. La casa di Robespierre
411 Mathilde Mauté. Moglie di Verlaine
412 Maria Messina. Personcine
413 Pierluigi Celli. Addio al padre
414 Santo Piazzese. La doppia vita di M. Laurent
415 Luciano Canfora. La lista di Andocide
416 D. J. Taylor. L'accordo inglese
417 Roberto Bolaño. La letteratura nazista in America
418 Rodolfo Walsh. Variazioni in rosso
419 Penelope Fitzgerald. Il fiore azzurro
420 Gaston Leroux. La poltrona maledetta
421 Maria Messina. Dopo l'inverno
422 Maria Cristina Faraoni. I giorni delle bisce nere
423 Andrea Camilleri. Il corso delle cose
424 Anthelme Brillat-Savarin. Fisiologia del gusto
425 Friedrich Christian Delius. La passeggiata da Rostock a Siracusa
426 Penelope Fitzgerald. La libreria
427 Boris Vian. Autunno a Pechino
428 Marco Ferrari. Ti ricordi Glauber
429 Salvatore Nicosia. Peppe Radar
430 Sergej Dovlatov. Straniera
431 Marco Ferrari. I sogni di Tristan

432 Ignazio Buttitta. La mia vita vorrei scriverla cantando
433 Sergio Atzeni. Raccontar fole
434 Leonardo Sciascia. Fatti diversi di storia letteraria e civile
435 Luisa Adorno. Sebben che siamo donne...
436 Philip K. Dick. Le tre stimmate di Palmer Eldritch
437 Philip K. Dick. Tempo fuori luogo
438 Adriano Sofri. Piccola posta
439 Jorge Ibargüengoitia. Due delitti
440 Rex Stout. Il guanto
441 Marco Denevi. Assassini dei giorni di festa
442 Margaret Doody. Aristotele detective
443 Noël Calef. Ascensore per il patibolo
444 Marie Belloc Lowndes. Il pensionante
445 Celia Dale. In veste di agnello
446 Ugo Pirro. Figli di ferroviere
447 Penelope Fitzgerald. L'inizio della primavera
448 Giuseppe Pitrè. Goethe in Palermo
449 Sergej Dovlatov. La valigia
450 Giulia Alberico. Madrigale
451 Eduardo Rebulla. Sogni d'acqua
452 Maria Attanasio. Di Concetta e le sue donne
453 Giovanni Verga. Felis-Mulier
454 Friedrich Glauser. La negromante di Endor
455 Ana María Matute. Cavaliere senza ritorno
456 Roberto Bolaño. Stella distante
457 Ugo Cornia. Sulla felicità a oltranza
458 Maurizio Barbato. Thomas Jefferson o della felicità
459 Il compito di latino. Nove racconti e una modesta proposta
460 Giuliana Saladino. Romanzo civile
461 Madame d'Aulnoy. La Bella dai capelli d'oro e altre fiabe
462 Andrea Camilleri. La gita a Tindari
463 Sergej Dovlatov. Compromesso
464 Thomas Hardy. Piccole ironie della vita
465 Luciano Canfora. Un mestiere pericoloso
466 Gian Carlo Fusco. Le rose del ventennio
467 Nathaniel Hawthorne. Lo studente
468 Alberto Vigevani. La febbre dei libri
469 Dezső Kosztolányi. Allodola
470 Joan Lindsay. Picnic a Hanging Rock
471 Manuel Puig. Una frase, un rigo appena
472 Penelope Fitzgerald. Il cancello degli angeli
473 Marcello Sorgi. La testa ci fa dire. Dialogo con Andrea Camilleri
474 Pablo De Santis. Lettere e filosofia
475 Alessandro Perissinotto. La canzone di Colombano
476 Marta Franceschini. La discesa della paura
477 Margaret Doody. Aristotele e il giavellotto fatale
478 Osman Lins. L'isola nello spazio
479 Alicia Giménez-Bartlett. Giorno da cani
480 Josephine Tey. La figlia del tempo
481 Manuel Puig. The Buenos Aires Affair

524 Lionello Massobrio. Dimenticati
525 Vittorio Gassman. Intervista sul teatro
526 Gabriella Badalamenti. Come l'oleandro
527 La seduzione nel Celeste Impero
528 Alicia Giménez-Bartlett. Morti di carta
529 Margaret Doody. Gli alchimisti
530 Daria Galateria. Entre nous
531 Alessandra Lavagnino. Le bibliotecarie di Alessandria
532 Jorge Ibargüengoitia. I lampi di agosto
533 Carola Prosperi. Eva contro Eva
534 Viktor Šklovskij. Zoo o lettere non d'amore
535 Sergej Dovlatov. Regime speciale
536 Chiusole, Eco, Hugo, Nerval, Musil, Ortega y Gasset. Libri e biblioteche
537 Rodolfo Walsh. Operazione massacro
538 Turi Vasile. La valigia di fibra
539 Augusto De Angelis. L'Albergo delle Tre Rose
540 Franco Enna. L'occhio lungo
541 Alicia Giménez-Bartlett. Riti di morte
542 Anton Čechov. Il fiammifero svedese
543 Penelope Fitzgerald. Il Fanciullo d'oro
544 Giorgio Scerbanenco. Uccidere per amore
545 Margaret Doody. Aristotele e il mistero della vita
546 Gianrico Carofiglio. Testimone inconsapevole
547 Gilbert Keith Chesterton. Come si scrive un giallo
548 Giulia Alberico. Il gioco della sorte
549 Angelo Morino. In viaggio con Junior
550 Dorothy Wordsworth. I diari di Grasmere
551 Giles Lytton Strachey. Ritratti in miniatura
552 Luciano Canfora. Il copista come autore
553 Giuseppe Prezzolini. Storia tascabile della letteratura italiana
554 Gian Carlo Fusco. L'Italia al dente
555 Marcella Cioni. La porta tra i delfini
556 Marisa Fenoglio. Mai senza una donna
557 Ernesto Ferrero. Elisa
558 Santo Piazzese. Il soffio della valanga
559 Penelope Fitzgerald. Voci umane
560 Mary Cholmondeley. Il gradino più basso
561 Anthony Trollope. L'amministratore
562 Alberto Savinio. Dieci processi
563 Guido Nobili. Memorie lontane
564 Giuseppe Bonaviri. Il vicolo blu
565 Paolo D'Alessandro. Colloqui
566 Alessandra Lavagnino. I Daneu. Una famiglia di antiquari
567 Leonardo Sciascia scrittore editore ovvero La felicità di far libri
568 Alexandre Dumas. Ascanio
569 Mario Soldati. America primo amore
570 Andrea Camilleri. Il giro di boa
571 Anatole Le Braz. La leggenda della morte
572 Penelope Fitzgerald. La casa sull'acqua

573 Sergio Atzeni. Gli anni della grande peste
574 Roberto Bolaño. Notturno cileno
575 Alicia Giménez-Bartlett. Serpenti nel Paradiso
576 Alessandro Perissinotto. Treno 8017
577 Augusto De Angelis. Il mistero di Cinecittà
578 Françoise Sagan. La guardia del cuore
579 Gian Carlo Fusco. Gli indesiderabili
580 Pierre Boileau, Thomas Narcejac. La donna che visse due volte
581 John Mortimer. Avventure di un avvocato
582 François Fejtö. Viaggio sentimentale
583 Pietro Verri. A mia figlia
584 Toni Maraini. Ricordi d'arte e prigionia di Topazia Alliata
585 Andrea Camilleri. La presa di Macallè
586 Guillaume Prévost. I sette delitti di Roma
587 Margaret Doody. Aristotele e l'anello di bronzo
588 Guido Gozzano. Fiabe e novelline
589 Gaetano Savatteri. La ferita di Vishinskij
590 Gianrico Carofiglio. Ad occhi chiusi
591 Ana María Matute. Piccolo teatro
592 Mario Soldati. I racconti del Maresciallo
593 Benedetto Croce. Luisa Sanfelice e la congiura dei Baccher
594 Roberto Bolaño. Puttane assassine
595 Giorgio Scerbanenco. La mia ragazza di Magdalena
596 Elio Petri. Roma ore 11
597 Raymond Radiguet. Il ballo del conte d'Orgel
598 Penelope Fitzgerald. Da Freddie
599 Poesia dell'Islam
600
601 Augusto De Angelis. La barchetta di cristallo
602 Manuel Puig. Scende la notte tropicale
603 Gian Carlo Fusco. La lunga marcia
604 Ugo Cornia. Roma
605 Lisa Foa. È andata così
606 Vittorio Nisticò. L'Ora dei ricordi
607 Pablo De Santis. Il calligrafo di Voltaire
608 Anthony Trollope. Le torri di Barchester
609 Mario Soldati. La verità sul caso Motta
610 Jorge Ibargüengoitia. Le morte
611 Alicia Giménez-Bartlett. Un bastimento carico di riso
612 Luciano Folgore. La trappola colorata
613 Giorgio Scerbanenco. Rossa
614 Luciano Anselmi. Il palazzaccio
615 Guillaume Prévost. L'assassino e il profeta
616 John Ball. La calda notte dell'ispettore Tibbs
617 Michele Perriera. Finirà questa malìa?
618 Alexandre Dumas. I Cenci
619 Alexandre Dumas. I Borgia
620 Mario Specchio. Morte di un medico
621 Giorgio Frasca Polara. Cose di Sicilia e di siciliani
622 Sergej Dovlatov. Il Parco di Puškin

623 Andrea Camilleri. La pazienza del ragno
624 Pietro Pancrazi. Della tolleranza
625 Edith de la Héronnière. La ballata dei pellegrini
626 Roberto Bassi. Scaramucce sul lago Ladoga
627 Alexandre Dumas. Il grande dizionario di cucina
628 Eduardo Rebulla. Stati di sospensione
629 Roberto Bolaño. La pista di ghiaccio
630 Domenico Seminerio. Senza re né regno
631 Penelope Fitzgerald. Innocenza
632 Margaret Doody. Aristotele e i veleni di Atene
633 Salvo Licata. Il mondo è degli sconosciuti
634 Mario Soldati. Fuga in Italia
635 Alessandra Lavagnino. Via dei Serpenti
636 Roberto Bolaño. Un romanzetto canaglia
637 Emanuele Levi. Il giornale di Emanuele
638 Maj Sjöwall, Per Wahlöö. Roseanna
639 Anthony Trollope. Il Dottor Thorne
640 Studs Terkel. I giganti del jazz
641 Manuel Puig. Il tradimento di Rita Hayworth
642 Andrea Camilleri. Privo di titolo
643 Anonimo. Romanzo di Alessandro
644 Gian Carlo Fusco. A Roma con Bubù
645 Mario Soldati. La giacca verde
646 Luciano Canfora. La sentenza
647 Annie Vivanti. Racconti americani
648 Piero Calamandrei. Ada con gli occhi stellanti. Lettere 1908-1915
649 Budd Schulberg. Perché corre Sammy?
650 Alberto Vigevani. Lettera al signor Alzheryan
651 Isabelle de Charrière. Lettere da Losanna
652 Alexandre Dumas. La marchesa di Ganges
653 Alexandre Dumas. Murat
654 Constantin Photiadès. Le vite del conte di Cagliostro
655 Augusto De Angelis. Il candeliere a sette fiamme
656 Andrea Camilleri. La luna di carta
657 Alicia Giménez-Bartlett. Il caso del lituano
658 Jorge Ibargüengoitia. Ammazzate il leone
659 Thomas Hardy. Una romantica avventura
660 Paul Scarron. Romanzo buffo
661 Mario Soldati. La finestra
662 Roberto Bolaño. Monsieur Pain
663 Louis-Alexandre Andrault de Langeron. La battaglia di Austerlitz
664 William Riley Burnett. Giungla d'asfalto
665 Maj Sjöwall, Per Wahlöö. Un assassino di troppo
666 Guillaume Prévost. Jules Verne e il mistero della camera oscura
667 Honoré de Balzac. Massime e pensieri di Napoleone
668 Jules Michelet, Athénaïs Mialaret. Lettere d'amore